# 2022中国年度诗歌

《诗探索》编辑委员会　选编　林莽　主编

漓江出版社
·桂林·

**图书在版编目（CIP）数据**

2022中国年度诗歌 /《诗探索》编辑委员会选编；林莽主编 .-- 桂林：漓江出版社，2023.3

ISBN 978-7-5407-9373-9

Ⅰ. ① 2… Ⅱ. ①诗… ②林… Ⅲ. ①诗集—中国—当代 Ⅳ. ① I227

中国国家版本馆 CIP 数据核字（2023）第 018305 号

2022 ZHONGGUO NIANDU SHIGE

**2022 中国年度诗歌**

《诗探索》编辑委员会　选编

林莽　主编

出版人：刘迪才

责任编辑：谢青芸

书籍设计：石绍康

责任监印：张璐

出版发行：漓江出版社有限公司

社址：广西桂林市南环路 22 号　邮编：541002

发行电话：010-85891290　0773-2582200

邮购热线：0773-2582200

网址：www.lijiangbooks.com

微信公众号：lijiangpress

印制：北京中科印刷有限公司

［北京市通州区宋庄工业区 1 号楼 101 号　邮编：101118］

开本：690 mm × 1000 mm　1/16

印张：18　字数：250 千字

版次：2023 年 3 月第 1 版

印次：2023 年 3 月第 1 次印刷

书号：ISBN 978-7-5407-9373-9

定价：50.00 元

## 编者的话

在不知不觉之间，社会文化的认同与艺术审美的观念随着时间的流逝，都在发生着悄然的转变，曾经风靡一时的一些事物，在我们并不在意的时候，竟已沦为了陈迹。

中国新诗在近几十年中，同样在发生着悄然的转变，我们排除因社会变革带来的那几个不同阶段的划分，就诗歌自身的艺术观念、审美意味以及写作方式等也都在不断地演变着。它从社会化的、简单的群体思维，转向对个人的、内在情感的深入表达；从对时尚的、流行的、表层化的诗歌的追逐，转向对细微生命体验和生活现实发现的诗意抒发；从依赖运动式、群体的、宣言的、流派的社会方式，转向关注现代与传统的融合，和对语言艺术本质的追求。

这些在几十年里逐渐发生的诗歌美学变革，是潜在的、徐徐渐进的，并且总体上是不断趋向艺术本体变革的，我们的诗歌美学在这几十年中，在逐步地走向成熟。当我们拂去那些大量的、表层化的、未能进入写作门槛的分行文字，你会发现，有许多诗人的作品已经更具语言艺术的审美价值和更为深入的文化意味，我们的新诗不再依赖社会公众情绪或追逐风尚与时髦，它正在回归现代汉语语言艺术的正常形态。

在编辑这本年选的过程中，我们阅读了大量的作品，总的看来，优秀之作依旧是很少的，从语言方式、整体结构到诗的内涵等诸方面，都抵达了完美的作品更是凤毛麟角。从筛选的这些作品中，我们发现，当下诗坛有一批优秀的诗人，他们在艺术的品质、诗歌的审美、写作的自我要求上，与以往相比，的确已经有了质的飞跃。

在这本诗选中，许多诗歌作品能深入生活的细节和生活本真的自我体验，不再是那种类同化、表层化、似有诗意的虚假写作。诗人们更加关注真正属于自己的语言方式、生命节奏和文化诉求。

一些诗歌作品，能够很好地传达自然景观和现实生活场景中的人与物，将自然景物融入了心灵的画面中，在变幻的场域里体现了丰富的、可发散的诗意之情；一些作品具有很好的想象力，它们努力寻求语言艺术的幻象，并在语言的叠加与变幻中，呈现出了有意味的诗情；一些诗歌作品具有了对生活现实的透彻认知，并能通过简明而清晰的表达，将潜在的意蕴传达给读者；一些诗歌作品通过对现代写作方式的透彻领会与应用，令诗的内涵具有了更丰富的意味与层次。

总之，在诗歌的认知与写作中，很多诗人在努力探寻语言艺术的真谛，在他们的诗歌中，写作是脚踏实地的，生命的感受是明澈的，亲情是在真实的细节中呈现的，爱是调动了内心真切体验的，回忆是具有体温的，想象是与现实相衔接的，景物是可以亲近和触摸的，哲理是和现实生活中人们的思考和体验紧密相连的……当然，以上这些，也是我们编辑这本诗歌选集时，对入选作品的选择标准与要求。

一首诗是一件艺术品，它从内容到形式都应该是完整的，它是有个性的、独特的、不可重复的。它不需要承载过多，但它需要是一件完美的艺术作品。一首短诗是一个完美整体，一首长诗同样也应该是一个完美的整体，一首简单的诗或一首复杂的诗，都应该是一个完美的整体。一位诗人应该是一位很好地掌握了语言方法的能工巧匠，他应用语言的艺术，将生命的经验和文化的经验融汇在一起，并赋予它艺术的魅力。一个诗人的能力，就体现在他能否将一首诗从容地、别具一格地完成好。

中国百年新诗的历程是从与旧体诗词的断裂开始的，经历了一百年的变革、借鉴、实验、创新、发展，它在逐步抵达谢冕先生所说的“百年和解”。

谢冕先生说：“我们新诗的一百年，不是破坏，而是建设，而且是必然性的。传统一直传下来，没有中断，没有断裂。新诗和古体诗旧体诗必须和解，所以我提出来，这个和解叫百年和解。和解意味着什么？新诗要从旧诗当中取得营养。我们现在的语言太贫乏，旧体诗的语言非常丰富，就必须和解以后融为一体，然后用新的表达方式，这是我这几年做的工作。中国的新诗百年，它和中国千年的诗歌史是连成一片的。”

是的，断裂只是表象的，诗歌最根本的艺术内在含义是不会断裂的，中国一代又一代的优秀新诗写作者正在为之努力。

林　莽

2022 年 10 月 30 日

# 目　录
contents

# 一　生

阿　毛

季节不断轮回
而属于我的春天能有多少
我坐在无人的角落
让半垂的书卷睡去
回忆已经开始
十五年的乡村生活
成为不能回去的前世
几十年长大的城市
被污染，被伤害，郁郁寡欢
几次爱，一次婚姻
一个孩子，若干本书
他们说，你是爱人，你是妻子
你是母亲
你当然是世界的女儿
时光飞逝，尘土飞扬
一些散乱的笔墨和错别字
占据了一页纸洁白的余生

（原载“诗与画”微信公众号 2022 年 3 月 7 日）

## 总该记下点什么

阿　未

一日将尽，总该记下点什么，比如
这场下了一整天的大雪
刚刚完成了它们舞蹈的记忆
比如天色渐暗，新雪映照下的安静
有着细碎的皎洁，比如我
独立窗前，看窗外一行清晰的脚印
如我此刻正写着的诗，比如
沿岸的那片柳林有一群麻雀飞过
一阵风吹枝动，然后是一些在树上
坚守的枯叶，和残留的雪花一起
回到干净的雪地上，比如一盏
最先亮起来的路灯，和我一样刚好
看到这些……

（原载《山花》2022 年第 9 期）

## 第六根火柴

阿　民

妈妈在床上躺着
鞋也没脱（以前从来没有过）
眼神迷离，头不烫，双手还有劲儿

神志算清醒，但没有精神

扶起来坐下，洗脸、梳头
不吃饭，只喝水
妈妈低着头
喘息稍有些粗重
好像没什么事儿
可总感觉哪儿不对劲
正像姐夫电话里说的：妈妈
状态不太好

我摸出烟，才发现
来时太匆忙没带打火机
拿起以前随手使用的火柴
冒烟、熄灭、折断
一根、两根、第三根……
怎么也无法擦燃
我加了小心
找适中的火头
擦完好的磷面

这已经是第六根了
那支烟
我一直没有点燃……

（原载“雄 AN 文学”微信公众号 2022 年 12 月 11 日）

## 植物有序，大地返青

阿　华

此时的鸟鸣，已经不一样了
新的轮回
在它们体内，早已悄然开启

怀着清澈的敬畏和不安
一只醒来的昆虫，在几厘米的
小行星上练习踱步

“植物有序，大地返青……”

窸窸窣窣的雨声里
耧斗菜和婆婆纳，在卓绝中
带着冷艳

这样的春天，总是值得期许的

——脚步不能抵达的地方，风替
它们全都走了一遍

（原载《诗刊》2022 年 7 月上半月刊）

# 湖　畔

阿　信

琴师桑其格死后的两个星期，尕海湖结冰了。
入夜，一场雪从玛曲卷过；沿湖一带的牧场
黑土被深埋，露出枯干的草茎。
早起的人，远远看见
他的女人在凿冰，高举木勺
猛击狗棒鱼的头。
湖畔小学的校工，小有名气的三弦琴师，我们
在操场边合影。远处，一个藏族男孩
在草丛中捡球；更远处的湖面，几只
黑颈鹤起落。
又一个冬季，我途经这里。
一大群牦牛踩着冻土，在黄昏的
逆光里疾行，像赶往
某个落日下的集市？
湖面发出可怕的声响，似有什么东西
由远至近，从湖底，使劲向冰面撞击。

（原载“中国诗歌网”微信公众号 2022 年 5 月 23 日）

# 葱兰开花以后

阿　蘅

一有空闲，我就蹲下来
数数又开了几朵

我想我安慰了它
我安慰了它仅仅是我想安慰它
它也安慰了我
但我不知它是无意还是别有用心

我写过窗台上的三角梅，木槿，茉莉花
花园里的榆叶梅，黄刺玫，月季
途经的野花和草
路上反复踢过的石子
进办公楼时，我把它隐藏于路旁草坪

草坪上的蚂蚁，我逗弄戏谑过
如果这是爱
那我爱过很多也被爱过很多

（原载《江南诗》2022 年第 3 期）

# 荔枝庄的母亲

安乔子

荔枝庄到处都有母亲的影子
像到处长着的蕨类植物
菜园、丛林、田野和河流
都是她喂养的
天空是她的另一种向往
鸟一阵阵地从她心里飞出来
鸟鸣是她发出的，那清凉的歌声
有时，我需要越过暮色找到
扛着一把干草的母亲
我需要大声地喊她
回家吃饭
母亲在旷野上如一只奔跑的土豆
身上沾着泥，丰满又轻盈
有时，她奔跑在九月的稻田里
穿上金黄的旗袍
她是多么骄傲的稻草人
有时，在大雾弥漫的早晨
母亲披着白茫茫的露水
去山坡给牛棚的母牛接生
有时，在地里劳作之后
母亲在荔枝树里换下汗湿的衣服
或者在小河边洗澡
不远处的玉米总探出头看她

有时，母亲在消失的木屋边小坐

盼着骑单车归来的父亲

雨水一样回到她心里

有时，她向一只蝴蝶学习

在起风的旷野上跳舞

跟着周围的植物摇曳

直到她也变成一株忧伤的植物

风不停地吹着她

（原载《星火》2022 年第 1 期）

## 卖猪肉的阿姨

安乔子

她在附近的市场摆摊，来自我的故乡

操一口隆盛口音

看到她，就看到她背后的故乡

人潮涌动的河东街、河西街

我习惯去她那里买肉

她会把新鲜的猪肉给我留着

忘了带钱她也给我赊着

有时我没来她也等半天

有时我去也是为了和她唠叨几句

随口而出的家乡话

证明我也是有故乡的人

证明身体里的乡音还在
更多时候我是想看看她
看看这个朴素善良的女人
看她四处吆喝人的样子
看她剁骨头啰唆的样子
多像在乡下卑微活着的母亲
仿佛这些年，是她替母亲和我交谈、问候
和我一起忍受孤独、寒冷
这些年我在城市始终有一种漂泊感
也没有固定的朋友
她是唯一一个使我和故乡有联系的人

（原载“诗探索”微信公众号 2022 年 9 月 4 日）

## 致炼钢厂

巴音博罗

推开炼钢厂这本书，那青色大门开开阖阖
厂区中正涌动着黑漆漆的河流
而月亮正挂在烟囱上，在被照耀的两朵云之间
乳白色的烟袅袅升起

这是我无比熟悉的景象：气味、歌谣和汗滴
星群回响和时代更迭，每一片厂房都很安静
每一条街道都清晰可辨

就像街角的老路灯泻下的晕黄，照亮
下夜班疲惫的工人、班车和一列
卸空货的长长的黑皮火车

一道老伤疤在今晚就是那轮老月亮
它使我莫名伤感，莫名疼痛
它照亮了我的生活和对炼钢厂的依恋
我要向这黑漆漆的厂区致敬
那逝去的人和物、温馨的细节
那再也不回还的熟悉又陌生的前辈……
当我重新合上书本，抬起脸
一片苍茫之中，我已浊泪滔滔！

（原载《诗刊》2022 年 4 月上半月刊）

## 不孤帖

笨　水

大雪纷飞，鹤来到中间
我看鹤是雪，看雪，是鹤
我走在雪中，也走在鹤群中
一种幻象，我，与雪，与鹤
是三个人，三群鹤，是三场大雪
我们都将翅膀交给了风
孤高，如吹来的凉意，太耀眼了

雪，在自身的光芒中飘飞
鹤在迷雾里起舞
踏着雪花，脚趾湛青
鹤飞在天上，也踱步在人间
雪落在地上也落在心上
它们齐声鸣叫，我的心里
就有鸣叫，在回荡

（原载《山西文学》2022 年第 7 期）

## 冬夜里的春山

薄　暮

这个冬夜，想起春山中万亩竹林
红壳笋像一只狐狸，远远近近地溜达
有一点调皮，有一点猥琐
突然在身后，扑棱棱地钻出

我们在半山的农舍
炖鸡，喝茶，饮酒。一定是半山
才能看清泉水怎样将云彩
抛在山顶，自顾自地跑下去
与杏花打成一片

还真不好断言谁比谁忘情

白云在山顶，徘徊不去
不等溪流回头
杜鹃已经献出滚烫的热爱
指尖稍稍一蘸，就疼得春雨纷纷

还是说说我们吧。柴门是开着的
木窗也是开着的。几只乌骨鸡悠然经过
并没有看一眼矮桌上的碗碟
倒是那条苍狗，远远地站着，欲言又止

你举起酒杯，而我
端起茶。你一脸不屑
肘尖有些乖张，筷子碰落一地
你俯身拾起时，疑疑惑惑地望着
——刚才那杯，我，没喝吗？

这一次，我们终于碰杯，清亮的声音
盖过土墙边的溪声、竹海的涛声
今晚的雨声。多么安静的
冬夜。我仔细地泡一壶茶，慢慢回想
在春天的山腰，和自己碰杯

（原载《十月》2022 年第 5 期）

# 春节将近

薄　暮

为春节将近的大厦梳洗。那个人
用一根绳子，像开始结网的蜘蛛
把细丝从檩头，扯到梁上的榫头
自己甩开自己，拉长，拉长
再拉长，猛地往下一栽

他下地喝水的工夫，我说
要过年了，何必再接这种活
他直直地看着我，几乎要看见
大衣后面的毛衫和最里面的心跳
然后说：就是因为，要过年

寓所前的草坪
早已干枯，一只麻雀在上面
翻来翻去。一连几天都是这样
不停地，翻来翻去。那里有什么呢
我一走近，它疾疾地飞上枝头

枝头空空如也。枝头之外
除了冬天，还是冬天
它就那么啄着，啄着，啄着
仿佛风中有无数谷粒，仿佛这样
天上就会撒下无数谷粒

我站在树下，看了很久
天空一直很空

（原载《诗林》2022年第3期）

## 醒　来

川　美

一只鸟，用奇怪的叫声
在我耳廓上磨嘴
让我想起早年住在乡下时我母亲在缸沿上磨刀
她一大早就哐哐哐地剁猪菜
一边抱怨“日子什么时候是个头”

我没有猪菜等着剁
也没有辛劳可诅咒
但我内心的苦楚常似野草疯长
我闭上眼睛，看着肉体的我已如废墟
神走远了，我却还想着在废墟上建寺庙

我的悲哀比我母亲的高级吗
当又一场春风如叹息吹送
——朝着我的废墟
我抹去残砖断瓦上的尘土

我还不想说“日子什么时候是个头”

（原载“一见之地”微信公众号 2022 年 1 月 25 日）

## 倒着走路的人

陈　亮

近些年，在春天的桃花园里
你会看见许多操着各种口音
倒着走路的外地人
他们有老人、中年人，还有青年和孩子

有的走得熟练，走得风快
脑后仿佛长了眼睛。有的歪三斜扭
被石头绊倒，浑身泥土
有的撞到了树上和篱笆上
掉到沟里河里——却如金刚护体
打个滚，爬起来继续倒着走路

他们说这么多年他们只有倒着走路
才找到桃花园的
他们说，倒着走路的好处玄妙无穷
——病人会找到健康，老人找到年轻
中年回到少年，少年回到儿童

会找到所有被丢掉的美好，比如爱情
甚至还会得道成仙。这个方法
不知道出自哪里
很多远方的人却对此深信不疑
索性在此安营扎寨，赖着不走

多年以后，我开始四处打听这些
倒着走路的人，和他们的下落
有的走火入魔，有的可能
确实已经成仙，去了谁也不知道的地方

（原载“诗探索”微信公众号 2022 年 1 月 22 日）

## 石根村

陈 亮

桃花园里共有九九八十一个村子
有猛虎村、狮子村、水牛村、铁头村
酒缸村、神木村、绵羊村，等等

猛虎村、狮子村的人威猛、刚强
黄牛村的人擅驯养黄牛
酒缸村的人擅酿造烈酒
铁头村的人脾气犟得厉害
据说咬着屎头子也能犟上半天

打制的铁器却锋利、坚韧，经久耐用
神木村的人善于制作木质家什
住的屋子也是木质的
据说是得到了鲁班的真传

而绵羊村的人男人性子绵软
祖辈上的男人都怕老婆，远近闻名
自从出了个叫杨八的叛徒
整个村子越发抬不起头来
男人就成了桃花园人嘴里“鼻涕货”的代名词

为了让绵羊村能够雄起
绵羊村的长老派专人
前去 500 里外的泰山取经
经高人指点在村后土地庙附近
栽了一根两米粗、三人高的采自泰山的石柱子
栽上以后，有专人浇水
绵羊村的后人才逐渐硬朗起来
村名也被改为“石根村”

据说那石柱子栽上后一直在长
数年间竟然又长了不少“海拔”
成为桃花园里唯一的一座“山峰”——

（原载《诗潮》2022 年第 3 期）

## 心有孤愤，所以写诗

曹 兵

这些年，我常常告诫自己：人生苦短
所活之日，除过吃饭睡觉
屈指可数。而我人到中年，依然无妻
无子，无家产。父母已老
能给他们的安慰那么少。如果有儿
心中的那团火，会不会遗传给他
万般追问，皆是死结
只好看书，写诗
把一把钢刀丢进文字的火炉中
要柔软，要有温度，要钢
化成水。所以至今，我不敢触碰亲情
怕，冒出的利刃
伤了我最后的堡垒

（原载《黄河文学》第 8/9 期合刊）

## 传世的悲伤

曹 兵

阳光静好，光打在粗糙的脸上
清水洗过了三遍
那些干草，易沾在身上

牛羊嚼着冬日的干草，没有什么能喂养回忆

现在，他无事，翻无用书
停下的片刻，书倒扣在阳光里，一些诗人
惊心动魄的句子，翻江倒海的野心
被禁止在印花的床单上

两件风马牛不相及的事物，因为阳光
而握手相认
他还没有吃饭，那些没到家的诗集
驮着他冬日的干草，走在未知的
山道上

（原载《黄河文学》第 8/9 期合刊）

## 尖　叫

大　解

六十年前，我清晰地记得
一颗流星从夜空划过，瞬间
夜晚亮如白昼
我吓蒙了，躲在墙脚下
张大了嘴，喊声在嘴里回旋
又咽了下去
那时村庄并不安静

孩子们在月光下疯跑
茅草屋变得蓬松
而来自山外的报信人
因为迷路而走入了梦境
那时尖叫是空虚的
孩子们也不真实
甚至有死者参与了玩耍，但是
除了星星和月亮
天空没有别的漏洞
那一夜，确实发生了许多事情
我清晰地记得，流星闪烁那一刻
远山突然升起，又瞬间隐藏
一个丢魂的孩子
发出了无声的叫喊
六十年后
他在自己的胸膛里找到了回声

（原载《中国作家》2022 年第 4 期）

## 夏日午后

邓朝晖

万物皆有罪
我只保留美的那一部分
猫咪伏在白石上
长袖善舞

瓷杯空无

我一家一家地走过
午后的店铺
桥边水母绽放
三角梅不如海边
只有独立的几朵
青桃迟暮，皂荚惊心
小小书生拱手吟唱牡丹亭
午后的骡马巷形同一片废墟
孔雀仙子飞回了南方
大门紧锁
尘埃落定
树下的老者
宛如我死去的父亲

（原载《诗林》2022 年第 1 期）

## 轻与重

代　薇

到了一定的时候
敢于停止就显得尤为重要
刻意地不求聪明
保持最低限度的无知
所有懂得轻与重

得与舍的艺术家
都是天选之人
他们知道怎样与空气相往来
或者说，他们知道
一座山怎样像气球一样
飘起来

（原载《晚安人间》，江苏凤凰文艺出版社 2022 年出版）

## 春风拂面，悲伤

代　薇

教会一个人不再相信的
往往是曾经
深信不疑的东西

灾难的过程
不一定乌云密布
也可能春风拂面，悲伤

就像奥斯威辛
人们互相安慰着排着队
走向毒气室

（原载“卓尔书店”微信公众号 2022 年 5 月 16 日）

# 霜　降

灯　灯

霜降之后，蜜蜂和蝴蝶不见踪影。
只有草，在践踏中
活了下来。像我，和我的朋友们
在各自的生活中
话越来越少——
我们经历过什么？
我们还要去哪儿？

我们终于来到了，我们不愿承认的反面
我们终于在镜头下
露出塑料花，灿烂永恒的微笑
我们终于忍受了我们的生活

河流遇礁石，粉身碎骨
草在霜降后，又一次活了过来

我已失去太多，我还将继续失去
和我不同的
是草，霜降之后，又活过来
醒过来

——每一棵都在写：我不认命。

（原载《诗潮》2022 年第 2 期）

## 木　头

灯　灯

飘零的木头，自水而来
被新鲜的手抚摸的木头，顺水而去
我就在想，经过你那里时
它一身湿漉漉，从水中站起来，乌黑的脸上
有来不及清理的淤泥
我就在想，人群中它还是一眼认出你
还是来不及
抹去脸上的淤泥，还是乌黑脸上
有湿漉漉的光
还是和你短暂拥抱，不说世事，更不说艰难
它就像我们中的任何一个——

当它再次回来，再次从我的手中离开
比我更静的是风，是时光……

槐花静。泡桐落满山径。

（原载《延河》2022 年 7 月下半月刊）

## 春　天

杜　涯

妈妈。在郊野我望见了城外的春天

阳光盛大风声日益高涨
穿过原野的尘土路上
数辆马车走过
春草在车轮下滚滚铺向天涯

妈妈。春天里我住在灰色的城中
游乡人带给我村庄的消息
我想起冬天有风的日子
飘雪的日子
以及所有古老的节日
在那些节日里我总是沉默不语
妈妈。春天里我住在灰色的城中
望见春天的风穿城而过沉默不语

今天我望见了城外的春天
妈妈。追着一群大风我跑向郊野
望见了城外迟暮的春天
春草无限
数辆马车杳无踪影
穿过原野的尘土路上
春天正滚滚远去

（原载“诗与画”微信公众号 2022 年 3 月 30 日）

## 抱　猫

段若兮

祖母绿中燃烧着熏金，熏金中浮着铁锈的是猫的眼
漆黑的是她的衣裳，苍白的是面孔
苍白如一件银质的遗物

画中，她抱猫端坐。衣裳的黑色和猫的黑色融在一起
又全部涌入夜色。而夜色
是光阴和传说的翅翼

祖母绿中燃烧着熏金，熏金中浮着铁锈，猫的眼
——射穿画幅的两枚弹孔
于是，她的脸色更为苍白，碎银沉入冰中
身体坠入夜的漩涡。惊叫中，她松开了手……

猫，从画框中逃了出来

（原载《春山空静》，长江文艺出版社 2022 年 5 月出版）

## 每个人都很孤单

渡小好

每个人都很孤单
城市没有尽头，家乡日渐空寂

变成名词的爱被常挂嘴边
从前，一封信、一张明信片
把内心狂热似火又难以启齿的情感

变成文字和涨红的脸
邮递员跋山涉水才送到对方眼前
像信一样的心，简简单单

好想带你回我的家乡看看
那里的一切更接近从前
想用最原始的方式把你重新爱一遍

（原载“早上好读首诗”微信公众号 2022 年 3 月 9 日）

## 立　秋

癞　丫

路边的玫瑰又开了一茬
风不再黏人
玉米开花了，它去搬运花粉

我们依旧习惯在树荫下行走
炎炎烈日下，仍潜伏着
让我们汗毛竖立的猛虎

谷粟整齐
它低垂的谷穗上
坠着时间的筹码

晨晚雾起，迷蒙的水汽里
神送来的果实
又向人间低了几分

（原载《河南文学》2022年第5期）

## 在祖屋的廊檐下

二　缘

祖屋，建于民国初
也听说是晚清

记得，一大家人
在檐下躲雨的样子

还记得，爷爷一身长袍
有讲不完的古话

如今，门上挂着锁
檐下有个旧巢

到了明年春天
燕子，就又回来了

（原载《青海湖》2022 年第 8 期）

## 等你老了，我才肯送你这把桃木梳

二　缘

选一截家乡的老桃木
要是深红色的那种

画好你喜欢的样子
这一年，你长发及腰

我用线锯，把梳齿
一根一根地裁切出来

打磨，再用棉布植物油抹光
木质的纹理就会慢慢清晰起来

一定要记得约定，是等你老了
我才肯送你这把桃木梳

（原载《青海湖》2022 年第 8 期）

# 己亥年暮春谒张九龄

冯　娜

明月生海上
陵水的天空等待的
一定还是张九龄的那一轮月

暮春，桐花落在岭南的肩膀
我走他走过的古道，望他望过的关隘
只有海，他不曾远渡的海
依然涌动着唐朝的波澜

椰林阴凉，我想起他的梅岭
一树树青梅正在结实
那湿润的土壤、竟夕的相思
仿佛眼前的海突然停顿

我看见的月，独自升上了陵水河的上游
人生的感遇，从他那里流经了一个省份
不堪盈手赠——
我像在海上逢着一个故人
却嗫嚅着，无法对他说出
这海、这明月、这天涯
这千百年中，少数的、熄灭又燃起的心！

（原载《广州文艺》2022 年第 1 期）

## 为泪塑像

扶　桑

如果可能，泪水啊，我要为你塑尊像
不是用冷冰冰的昂贵大理石
而是温厚简朴的木质
我要把你做成一柄小小的桨
挂在那些无可安慰者的脖子上，紧贴
他们一息尚存的胸膛——
你的抚摸有着神奇的力量。
由于你的陪伴，他们渡过了重重惊险的海洋——
在一个有雾的冬天清晨
疲乏而平安地踏在坚实的陆地上

（原载“诗歌岛 PoetryIsland”微信公众号 2022 年 7 月 27 日）

## 冯大姐

甫跃成

她出现在舞台上，
在退休职工的舞蹈队中，
动作准确，姿态娴雅，感情投入，
仿佛一只翩翩欲飞的年轻的天鹅。
所有人中，她无疑跳得最好，
她无疑具有成为一个舞蹈家的

罕见天赋。我从不知道她会跳舞，
我的同事们，也没人知道。
她的舞姿令大家阵阵惊呼。
一个舞者，一个仪器管理员，
究竟哪个，才是真正的她？
我只记得她抱着示波器
从楼道里缓缓走过，推着平板车
轰隆轰隆走进实验室的大门。
哮喘，微胖，记忆力衰退，
头发斑白，终于在两年前
摆脱繁重的工作，某天下班离开
就再没回来。她再次出现
已经是在舞台之上，
在一群衰老的星星当中，充当着
青春而耀眼的月亮。
——那真是她吗？
或者说，我们先前所熟知的
那个目光暗淡的大姐，真是她吗？
她居然在一个人的身体里
毫无破绽地，躲了三十几年，
直到今天，才冲出来，变成了
另一个人。

（原载“诗探索”微信公众号2022年9月6日）

## 小镇的清晨

范剑鸣

我曾无数次在远处目睹仰华山
收藏落日。也目睹过江边的火把
远远近近，走向这古老的营寨
作为屏障，仰华山已习惯于忽略
那些细小的村落，专注临河的小镇
——青石街门，涂满大字的石灰墙
劳作的人，多于清闲的人
朝阳的清爽，多于黄昏的混沌
河流日夜交汇，抱住各自的族姓
每当日光再次笼罩梅江，炊烟就带着
尘世之累向上攀登，像八月初一
小镇的人放下市井，走到山头
通过寺庙的眼神打量人间的生活

（原载“卓尔书店”微信公众号 2022 年 6 月 27 日）

## 给妈妈

非　亚

我去养老院跟她告别，在房间的门口
抚摩她瘦削的脸
灰白的头发
我跟她说下午我就回上海

到了就给你电话
我后来推着她，去了餐厅，在餐桌边
她停留了一会儿
又挪动着轮椅，跟着我
到了走道
她拍了拍饭桌边另一个轮椅上的老太太
笑着说我们是好朋友
我向她挥挥手，说拜拜
然后离开
在我走向走廊尽头的电梯时，她突然
在我身后
唱起了祝你一路平安的歌曲
我回过头
看到她坐在轮椅上，正朝我挥手
我，转过身
泪水突然从双眼涌出
我知道，那个养老院里对我挥手唱歌的女人
不是别人，而是我的妈妈
妈妈

（原载《红豆》2022年第2期）

# 河　岸

费　城

那么多年，我看到河水清浅

一块块卵石，被潮汐推向河岸
树木在开阔的河面投下暗影
那流水，一次次把我带回远方

那么多年，院前的花始终没有开
清晨浇水的妇人早已老去
她指缝里的时光，锈迹斑驳
我去看她，门环上正落着尘埃

那么多年，我渴望在心底呐喊
那些飞溅的时光，忽闪即逝
记忆在减弱，往事早已不堪负重
昏暗中，我听到远处钟声敲响

那么多年，我注视着一丛灌木
它在我的窗前改变着四季
伸展的枝丫把秋天抬得更高
直到绿荫低垂，越过我的木窗

那么多年，我一事无成
从回忆里转身，内心趋于宁静
河堤上，一个少年滚着铁环
正在奋力将一块石头扔回从前

（原载《江南诗》2022 年第 1 期）

## 龙首山下

古　马

紫荆花开成海了
花海周围有我的亲人和旧时相识

秋天风大
把月亮吹得干干净净
像一只剥了皮的羔羊

想起故去多年的姨妈
我该头顶月亮，祭拜她一番
她在病中，曾送过我一副
亲手绣的鞋垫，喜鹊登枝

明早喜鹊或许会唤开她旧时家门
而我却要早早出发，越过西大河
更西，渡过黑水

（原载“无限事”微信公众号 2022 年 5 月 1 日）

## 那　棵

关晶晶

那棵杜鹃

在五个春天复活
又在五个冬天死去
第六个年头，它再没有回来

天空四时流转
池塘托起落花
显现着云的来去

我的洁癖越来越轻
眼睛也不再那么挑剔
只有自己知道
这是多么美的事情

（原载“见山书斋”微信公众号 2022 年 10 月 26 日）

## 羊　群

果玉忠

山脚的高速公路边
一群小羊羔排着队默默钻过涵洞
它们要去啃食路基上的稚嫩酸角叶芽
它们缓缓穿过暗黑的长洞时
白雾未散，薄霜湿重
晨光也不能将它们彻底照亮
我站在山峦，看见

冬天正把自己缓缓铺开：
茅草晃动，脉络分明
微风淘洗着
蓬松又谨慎
像慈悲从未停止轻抚的手

（原载《星星·诗歌原创》2022 年第 3 期）

## 残损之美

高鹏程

一方旧砚台，一锭残墨
一块带着僵皮的玉石
人到中年，我越来越顽固地认为
美，就是不完美
我习惯把自己从人群中剥离出来
就像从墙上剥下一块陈旧的墙皮
我会长久地注视雨滴
它从高处到来，穿过多少虚无的道路抵达屋顶
又从屋檐上的瓦片落到阶前
最终渗入污泥中
人到中年，变得固执，以为美
就是不完美
我放弃了过多的光亮、平整和繁华
开始喜欢素食，乡村

喜欢菜心里的甜，脚踩在泥土上的松软
我安于自己的衰老
像一块苔藓
安于自己的荣枯
它认为
所谓生死，事实上仅仅隔着一场雨水

（原载《江南诗》2022 年第 3 期）

## 蝴蝶印信

管清志

村里的老人说：小峨眉山下
没有打不出水的天井
富人家水旺，穷人家的水最甜

播种完稻粟的人眼皮一直跳
他嘴里嘟囔着，随手
掐一小段麦秸
舔一舔，支住眼睑

一只只蝴蝶翻飞
一朵朵花五彩纷呈
——讲故事的人已经累了

父亲在暗处磨他的刀
粗粝的生活把他
都弄愚钝了，恍惚中
一道金属的光，一闪而过

一九七三年冬天，一个母亲
因为孩子均匀的呼吸
让惴惴不安的心
慢慢，慢慢放回原处

那些蝴蝶、那些花朵后来
都没有消失，它们和那道光一起
一闪一闪，艳丽的色彩
照亮了一些
深不见底的生活

（原载《青岛文学》2022 年第 1 期）

## 母　子

侯存丰

她用刷子去拍打出面的孔眼挡布，
末了，伸进去搅振一圈。
她的儿子怕闷，早早溜出打面房，
蹲坐在架子车上大张着嘴。

空气中飘浮着逸出的面尘，
他抬起手臂在面前挥了挥。

回去路上，作为母亲的她对儿子说：
你不要气妈，这袋面做成馒头去卖，
很快你就有自己的文具盒。
儿子听了很高兴，爬到车头，
吹母亲头发上的面尘，
但哪能吹得完呢，
这边没了，那边又重新长出。

（原载“诗探索”微信公众号 2022 年 9 月 7 日）

## 微　官

侯存丰

碱放多了，我把食指放进嘴里吮吸着。
过冬的豆酱，到了开封的日子，我像
往年一样，取下覆盖的油布，用筷子
蘸一点到指端，然后舔舐滋味。

总是做不好啊！我无奈地填上
烟叶，望着叶柴堆里的陶罐——
也许它需要女人的慰藉？这是
多么奇怪的念头。我轻轻关上门。

进了林场仿佛早上才刚刚睁眼，
雾霭没有完全散去，百鸟哑然，
树皮闻上去有一种淀粉末的味道——
我来这里护林，算来，已三年有余。

（原载“诗探索”微信公众号 2022 年 9 月 7 日）

## 春　风

胡　杨

四十年的春风育下了这片树林
每一缕春风都是一片叶子

走多远，总要回头看看
好像那些葱翠的叶子跟着自己
四十了，头发雪白
真像是一片雪
这雪啊，盖住冬天的土地
这雪啊，从头顶上落下来
耗尽了几辈人的睡眠

像种子，在无尽的尘土中
挣扎，要不
土快要埋到脖子上了

只是在春天
还要像芽苞一样，钻出地面
长一茬庄稼
攒一圈白杨树的年轮

只是在春天
所有的麦子和所有的草
被一条河流分开又合拢
留下一片缓冲地带

高高的墙上站着的那个人
既像父亲，又像母亲
既像儿子，又像女儿
当一阵春风中树叶声响起
他们的面容就模糊了

（原载《北方作家》2022 年第 3 期）

## 年轻的时辰

胡　弦

楼上有个小孩子在弹钢琴，
反复弹一支简单的曲子。
——部分已熟练，部分尚生疏。

我听着，感觉此刻的生活，
类似这琴声变调后的产物。

我的母亲和伯母在隔壁闲话，
一块红布上，印着她们敬仰的神。
河水从窗外流过，
那神秘、我不熟悉的控制力，
知道她们内心的秘密。

墙上挂着祖母发黄的照片，
白皙的手，搭在椅子黝黑的扶手上。
她年轻而安详，像在倾听，
也许她能听见，这琴声深处
某种会反复出现的奇迹。

（原载“诗与画”微信公众号 2022 年 4 月 14 日）

## 黎　明

胡　澄

从没见过这样的曙色
往后也没见过
母亲穿着大襟土布白衬衫
梳了辫子
母亲急急地将我唤醒

给我换上干净的衣服
“天快亮了，赶紧走。”母亲说
我们挑着担，去数公里外的集市卖梨
月亮静待空中，云色无声地变幻
透着一丝丝亮光
矮山，牛一样躺卧在田边
空气是多么清凉
母亲的和气，应对着柔和的曙色
像是离开了生活的煎熬
我的心如脚上的布鞋被露水湿透

一棵恩施的梨树，长在庭园里
母亲小心地摘下它们
拿出其中一个，切成七片
每人一片
它的甜让我惊心，但未产生贪念
它那么庄严、神圣，被我们挑着
去集市换钱

（原载《江南诗》2022 年第 1 期）

## 暮　色

胡文彬

以前回村，都是太阳落山的时候

在村头等我的总是母亲
和小狗阿黄
阿黄摇晃着它的尾巴
村庄也摇晃着炊烟的尾巴

现在回家，在村头等我的
是母亲当年栽下的这棵老槐树
阿黄就埋在树根处
老槐树摇晃着枝条
招呼我在树底那块
母亲经常坐的青石板上坐下

这时，月亮从树后慢慢浮上来
一条小路，从村子里跑出来
很多条狗围着我高声嘶喊着
——它们已经认不出我这个
光着腚在小村长大的孩子了

（原载《青海湖》2022年3月）

## 转身而去

——致敬袁隆平

胡玉枝

那些谷穗

总是在成熟之后
垂下头来
沉沉地写满了心事
风吹过
摇曳的金黄落了满地

就这样　小满未盈时
您放下了所有
转身走进了
满是蛙声和稻花的天堂

在来时与归去的路上
那些起起伏伏
都在脚下的泥土里

（原载《青海湖》2022 年 8 月）

## 青　麦

**海　男**

站在你的青涩浪潮深处，再往前走
还是走不出这万顷巨浪的汹涌
这青麦让我踌躇满怀寻找着自行车的影幻
一辆破旧的自行车后座上坐着美少女
这就是逝去的日子中最惊灼你视觉的镜头

这就是我年仅十八岁时穿过青麦地的出走
再后来，我站在面包坊呼吸着奶油味
甜腻的青春期啊，你多么贫瘠而荒凉
我拎着录音机，穿着喇叭裤，仰起头
不顾一切地去青涩的故事中讲自己的故事
沙哑的流行歌曲，摇晃的重金属
绚烂的红玫瑰，飘落在青麦地的尽头

是谁在喊我的名字？我执意地往前走
是谁在喊我的魂？吹着口哨让我回头

（原载《人民文学》2022 年第 7 期）

## 唯有诗人还是堂吉诃德的子孙

海　城

多余的话
在每个时间，都如废铁
卡在我们的喉咙里
无法变成真正的语言
“诗人偏偏要做语言的炼金者！”
这多么富有雄心和虚妄啊

在这个世界上
唯有诗人还是堂吉诃德的子孙

激励我们保持
一直向上的幻想和对堕落的现实挥舞着大矛

（原载《鲁西诗人》2022 年第 1 期）

## 佛　光

海勒根那

天终于放晴了
蒙古包里的女主人
用供桌上的烛台，盛了一盏阳光
供给宗喀巴佛
穹顶上的天窗就亮了
随之，门外连绵的雪山和清晨
也一起亮了起来
但还有沉睡的雾霭
被吱吱呀呀的包门，费力地推开
推出一条通往羊圈、牛粪垛的小道
此时，女主人已从雪堆里
拽出一只只冻僵的羊
像白色的石头，堆得高高的

当女主人将超度的经文默念到一百遍
脸上也有了短暂的晴朗
就像高过山冈的朝阳，为雪原

镀了一层青色的佛光

（原载《辽河》2022 年第 2 期）

## 镜　子

黄　芳

在十月
在山毛榉随风摇晃的夜晚
我想起你
想起那个夜晚
人们疲惫地走下渡轮，离开陌生岛屿
凉风阵阵，众声喧哗
只有我为一枚硕大的月亮哭泣，只有你
听见了我的哭泣
无数个十月
随着火车咔嗒咔嗒地到来又远去
在小镇站台，只有你
手拿橘子
只有你挥着双手像稻草人被风吹动
有时，生活一地鸡毛
甚至命运的缝隙里也罩满蛛网
只有你，与我相遇于梦想的微光中
惊讶，犹疑
像一个盲人，突然看见

镜子里的自己

（原载《草堂》2022 年第 4 期）

## 记许多年前的一个傍晚

黄　浩

那是个秋天
田野里一片肃静
大片大片的玉米秆子已经倒下
红色的玉米已经挂在屋檐下
母亲在锅里煮上了地瓜芋头
父亲还在凉拌韭菜
他们想叫这个晚餐有点劳动的意义
而炉膛里炭火正旺
炉火清晰可见；炉口明亮动人
温暖的气息弥漫着整个院落

不远处的河流发出轻轻的回响
窗外，月亮正在缓缓地升起
这两种缓慢的事物
让我激动得要死
直到墙上的座钟发出沉重的轰鸣
我一跃而起，跑出家门

彼时，村庄在瘦弱的月光下颤抖
——月光金黄，金黄
我坐在岸边，和一条流浪狗一起
洞悉了一条河流
在夜里处变不惊地流

（原载《深圳文学》2022 年第 4 期）

## 旧　爱

——一个叙事

韩　东

她从来没有爱过他
这是一个秘密。后来
她不再需要保守这秘密
但也没有必要宣布
留下一些衣物和一本日记就离开了。
她答应回来取这些东西
终究没有回来。
不是欺骗，更不是故意的
只是解除了警惕，秘密
像一个结在时间中松开。
当他翻看那本日记
犹如古墓中溢出刺鼻的气味
他也没有因此受到伤害。

只是稍稍遗憾。
他把旧爱理解成某种深情
她从来没有爱过
但他们之间确有情谊
因缺爱更让人难以忘怀。
那些他们一起走过的路
更具有抵达的目的
相拥和眼泪，是未曾抵达。
某种深情或者爱的渴望
宽广有如虚无。

（原载《诗刊》2022年5月上半月刊）

## 夏至日的下午

韩文戈

夏至日下午，我和树木的影子又矮了许多
与身齐平的时间被风一层层卸掉
如果风继续刮，我将继续矮下去
而树木却继续生长，直到死亡的高度
树上隐形的钟表也越走越慢
秒针、分针、时针搅碎的时光粉末
塞满了钟表的玻璃房
直到它们像沙子把钟表堵死
从此天开始变短，夜开始变长

在这逐渐变短的下午，我在我的林子里
等一个从书里走出来的木匠
一个好木匠只需一个下午就够了
一个好木匠带来几个笨徒弟
木匠经过的树木被他挑选，做上标记
徒弟们扬起板斧开始砍伐
这个世界只有木匠和他的徒弟
他们看不到矮下去的我坐在新树墩上
这是一个木匠的下午
也是一群砍伐者的下午
木匠与徒弟将再次返回那本木浆纸的书中
森林再次回到寂静
崭新的钟表在年轮里走，风在树梢上吹

（原载《草堂》2022 年第 3 期）

## 秋天纪事

**韩宗宝**

天空渐渐高了
有些树木的叶子开始落地
从山坡南面吹来的风里
有了新的气息
我还是能够清晰地看到你
虽然隔着那么多的时光

透明如琥珀的欢乐
青草还在长　但酷暑
正在慢慢地消退
一位母亲在教堂里
为孩子和自己的明天祷告
身体里潜伏多年的小兽
又小心翼翼地出来了
在微凉的秋天里
看着它纯洁无辜的眼睛
我忍不住低声哭了
为记忆中　那些蔚蓝色的
缠绕着疼痛的幸福

（原载“诗与画”微信公众号 2022 年 9 月 18 日）

## 在细雨中写诗

黑　枣

这一生，我别无所长
只钟情于写诗
诗写得不好。不忧国忧民
也不勾魂夺魄
像一杯清茶，自斟自饮
偶尔请人品尝，好坏皆是人情
只是我再无良物

我长居小镇。在小镇的偏僻处
以卖文具谋生
兼营一些不切实际的想象
生意尚好。但想多了就累
我不喜欢跟人打交道
在日复一日的无聊里
我会跟一支铅笔或者一块橡皮说话
我一天天地老了
但万物多么年轻
时光淅沥，宛如细雨缠绵

我在细雨中写诗
在时光里蹉跎
我耽误了前半生
再辜负了后半生
像一场不合时宜的细雨
远不能成为江河
近不足以润物
从纸上走过，像踩过一片雷区
我绕过一棵棵笔画的草木
每一次迷路，我都以为是到达

每一次迷途知返
我都认为是诗歌在召唤我
返老还童。我一天天地死去

再一天天地复活
在这个嘈乱的世界
像一个字，被不断地写错
不断地得到改正……

（原载《作品》2022 年第 1 期）

## 甘蔗田禁区

霍俊明

总会有刺目的东西
比如长得过于漂亮的乡村女孩
已经疯掉了
比如当年
故乡唯一的一块甘蔗田

它位于乡村向小镇的过渡带
有几年
我经过时它们正在生长期
如同我也还在饥饿的成长中
最终
它们长成了
墨绿的阵阵抖动的森林
经过那里的短短几分钟

空气瞬时变得甜稠
更多的
还是袭来的莫名恐惧

唯一的甘蔗田
把守森严
一两只白额恶犬
随时都会从里面
嗥叫着冲出来

这弥漫盈溢的
甜味分子的禁区
我从来没有赶上
这些甘蔗被收割的时候
也没有看到
小镇的市集上
有它们横躺或竖立的身躯

我只记得
它们黑森森的一片在风中摇晃
躯干上有白色的斑斑印渍
偶尔
夹杂着不知名的鸟叫声
它们
应该尝过或衔着

村里和小镇人所不知的那种甜

（原载《福建文学》2022 年第 2 期）

## 风滚草

吉　尔

你们就要去远方
那是诗人要去的地方
风滚草，盛大的秋天更深的荒凉就要来临
为什么我心生悲凉
为什么我悲痛不已
大风吹动灵魂，就像吹动母亲的衣襟
大风吹过四个农场共用墓地
老人们来之前，在麦草上晾晒灵魂
有一年高婆婆在墙边晒太阳
被蹿出的雄鹿顶在墙角，她用瞎了很多年的眼睛
看到一片黑暗
她举着衰老的手臂挥打一片空气
这只发情的雄鹿
用鹿角挑走高婆婆晾晒了一半的灵魂
走的时候，她绾起的发髻
插着结婚时的簪子
那也是风滚草要去远方的时间

我知道，总有一些灵魂被风吹来吹去

（原载《星星·诗歌原创》2022 年第 4 期）

## 石　头

吉　尔

在昆仑山，那个坐在我对面的男人
一直吹着一把褐色的笛子
哀婉而苍凉
像是风附在山壁上，低声呜咽

他卷起笛子中的长风
线团一样收进包里

压低的帽檐下，他讲起民谣
孤独和酒精
火将他的脸和头发照成红色

他堆起玛尼堆，捧起一块白色的石头
放在额头，默念
他把它放在玛尼堆顶时
我忽然有些心动
就像我的灵魂在他的石头里

（原载《北方文学》2022 年第 1 期）

## 六月过后

江 非

照片里有夏日雨后初晴的湿气
万物被拧干的白毛巾轻轻擦过

你在门口整理着你的马
手中一把黑色的毛刷
顺着鬃毛向下滑去

你的头埋得低低的
脸几乎贴着七月的马背

妈妈还活着
傍晚的鸟野心勃勃
要飞过无尽的田地和黑夜

雨还要继续，父亲站着
晾衣绳上蓝色的袖子，被风轻轻卷着

（原载《椰城》2022 年第 1 期）

## 目 送

江一苇

我曾在不同时间段，目送过一个人远行。

我发现，清晨和黄昏是一样的，
朝阳和夕阳的颜色是一样的。
而所谓方向，其实就是没有方向。
一个人被不断缩小，最终成为一个黑点，
消失于阳光背后，看不见的地方。
我想到了很多词：
孤独、辽阔、神、远方、天堂……
它们串联起了这虚幻的人间，
像一枚针，一次次串联起破损的渔网。
如果人生，就是不断经历分别的过程，
那么你是否愿意，总做那个守在原地的人？
风来了，带走了温暖；秋天来了，
带走了花香。而我相信，我们生来
就是没有故乡的人。带走的越多，
留下的就越多。我愿意将你认作故乡，
就这样一直站在黑暗中看着你，
看朝夕交替，生命不可抵达，
看你背着我越积越厚的忧伤，四处流浪。

（原载《诗刊》2022 年 6 月上半月刊）

## 献　诗

——给自己

江一苇

爱上花儿，是因为它终将枯萎，

爱上果实，是因为它上面的虫洞，
爱上春天，是因为它在严寒中苏醒，
爱上远方，是因为自己的故步自封

人生苦短，我的爱和你们不同，
有时，我甚至会爱上自己，
因为失败，因为曾付出的艰辛。
这艰辛必然是无人知晓的，
因此，在人间
我必须要给自己最大的同情。

（原载《诗刊》2022 年 6 月上半月刊）

# 上　坟

金小杰

一年多了。草又绿了，花又开了
清明当天拎着酒上坟
去姥姥跟前磕头认错
找不准位置，只能一块碑一块碑地
挨次读下去：任东、王顺、金福善
念死人的名字，唇角发寒
坟圈里走的这一趟
依旧没能遇见姥姥
算了，赌气的人永远不肯露面

远路隔山水，我费尽一生也无法抵达
去年那个太过仓促的春天
上车，回家，后视镜里
一棵上了年纪的老槐树
正佝偻着身子，站在风里

（原载“诗探索”微信公众号 2022 年 10 月 14 日）

## 明亮的中午

剑　男

在一个明亮的中午，五十岁的中午
我在烟雾中看见
四十岁的自己正匆匆赶往一个地方
依稀是一场葬礼
离世的人已睡进樟树岭最好的棺木
我在一群表情严肃的人中间
刹那间两鬓斑白
而不远处，三十岁的自己正肩扛着
一袋粮食走在山路上
因不堪重负，人一下子失去了平衡
跌进路旁一道沟壑中
醒来时，却发现自己不知什么时候
坐在中学时的教室里
教室百叶窗外

白天和黑夜走马灯般交替
我抱着用米袋改做的书包坐着
又突然看见少年时的自己
在黄昏山坡一边放牛一边看小人书
隐约听见离世多年的父亲
在山下焦急地喊我，我想大声回答
张开嘴却发不出一丁点声音

（原载《诗歌月刊》2022 年第 9 期）

## 春天来了，我们要做个无所事事的人

剑　南

没有必要动土
没有必要清除腐烂的落叶
没有必要以为池塘中的
残荷没有淤泥中生命的气息
冬天过后，脱下棉袄的人
在风中等待雨水
没有必要焚烧荒草
没有必要剪枝
没有必要移栽幼苗
植物在替大地翻耕它的田野
没有必要打深井
没有必要擦洗犁耙上的铁锈

没有必要掘草木的嫩芽
风吹过幕阜山
万物都跟着轻轻动了一下
没有必要驱赶小动物
也没有必要掐尖和打出头鸟
春天来了
我们要做个无所事事的人
看大地如何自己翻过身
自内而外焕然一新

（原载“无限事”微信公众号 2022 年 5 月 10 日）

## 星期八

敬丹樱

周一到周五是工作的
周六周天是孩子的。属于自己的空间
是时光破绽里的树洞
调整情绪的时候
躲进去，谁也找不到。我能理解这种愿望
我也是把降书
早早交付命运的人
我也想获得拥有两条线索的幸运
其中一条作为虚线，边缘有着梦境毛茸茸的质地
仿佛两次人生

运行在星期八的那些弥足珍贵

日历上

永不显现

（原载《诗刊》2022年3月下半月刊）

## 接　漏

敬丹樱

雨水直愣愣砸下来

清脆的，沉闷的，在脸盆里脚盆里

塑料桶里，响声都很大

漏洞越来越多

锑锅和安全帽也加入了接漏队伍

半夜雨下得愈发猛

床尾湿了一片

他们手忙脚乱把床挪开，却翻不出替换的褥子

筋疲力尽躺下。他抱着她挤到墙角

很多次，她想起那个沉沉睡去的后半夜

从城郊的租屋搬出来

住进商品房，有了孩子，各据一室

生活看起来平静，妥帖

总感觉有漏洞

有无声的雨落下来

很多次她举着盆愣在原地

不知

该往哪儿放

（原载《草堂》2022 年第 6 期）

## 写给自己的一封信

靳晓静

在江河的入海口
回眸我看得见
散落在长途上的自己
在路上在尘土中
屋脊树影桥头铁轨都向后流走
命中的恩人们来过又离去
而今在各处我要找到你们
拥抱你们不同年龄段的身躯
你们已融入我的命运
像无数隐喻潜入诗行中

我看见　她二十一岁
宇宙的黑洞俯瞰着星云
俯瞰着她坐在铁轨上
像一片树叶一棵草一样战栗
在黑洞的呼啸声中她后退
一直退进卫生间闭门不出
再出来时阳光像刀片散落

在通往三军医大的路上
石子在车轮下迸裂大地滚烫
她走走停停遥想着
像一只非洲大象一样消失在丛林中

古老的忧伤在这个星球上
无所不在的家族伤痛
在代际间传递
她那样年轻
脸色苍白活着又苦又咸
是她代替我活了下来
让我在三十年后找到她时
满含热泪地说一声谢谢

神要我们怜惜时光背后的人
于是给过去的自己写一封信
不只是心痛不只是唏嘘
还要向深不可测的命运
鞠躬致意

（原载“诗与画”微信公众号 2022 年 1 月 30 日）

## 似是归途

康　雪

天突然暗下来，多了一点

清冷的意味。
抬头看到很多鸟雀
从两个方向扎进同一棵树中
那是一棵很大的香樟
叶羽已经更换完毕
它在原地起飞过很多次
有些飞翔只在心中完成。
你想到这里时
已走到了它的前面。
但成串的鸟叫声又抓住了你
很想知道
把家安在那么高的地方
是什么样的感觉？
空气中突然充满晚餐的香味
也许，正是从红色房子三楼
飘出来
这些气味径直找到你
告诉你，那就是你的家
对面住着的
就是那群刚被你羡慕的鸟雀。

（原载“诗探索”微信公众号 2022 年 9 月 10 日）

## 在秋果路

康　雪

树叶落在一只鱼形气球上

两岁多的小孩笑起来
月牙儿一样的眼睛
真是好看——是这里
唯一还没有进入秋天的事物……
我承认，我是一名哀伤的母亲
在这棵树下坐了两个小时——
如果石头有知觉
石头也在为我们受苦。
我的女儿手上还扎着留置针
她逐渐体会到具体的病痛
但对针尖之外
更庞大而无形的人间疾苦
还一无所知。

（原载“诗探索”微信公众号 2022 年 9 月 10 日）

## 就这样，好多年

康承佳

我总是攒着很多废话跟你说
比如阳台的草莓花开了，黄色的小花
细细碎碎的，很好看
比如邻居家的小猫，又生了几只小崽
长得随它爸，圆滚滚的，柔柔软软
还有下午的天气很好，多适合

我们把被子抱出来晒晒
那些微小的事物总能维持静默的欢喜
在我们身上消磨一些无用的时刻
阳光穿过屋瓦，落下闪烁的光斑
我们无所事事地站着
和迟来的风形成默契的垂直关系
就这样站着，好一段时间
我们就用那么多无关紧要的事情
打发无数的下午。那些温暖的琐碎的心事
都给你一个人攒着
就这样，好多年

（原载《诗刊》2022 年 9 月下半月刊）

## 爷　爷

康承佳

我们面对面坐着
你抽着叶子烟，喝着菊花茶
跟我讲两兄弟卖牛的故事
啃着两毛钱一根的冰糕，我时不时地仰着头
接过话茬儿，补充你遗漏的细节

头上，有漫天晚霞、云朵，以及偶尔闪过的鸟影
屋里，奶奶吆喝着叫我们吃饭

你慵懒地应上一声
接着又给我讲还没讲完的故事

爷爷，你不知道的是，这是我自己编造的场面
你走以后，类似的场景
以虚构的形式在真实地反复地发生

真的，爷爷，我还能感受到，我们身后
夏天的风，带着北纬三十度的惯性
很闷，很湿，远远地，在摇一棵桉树
近了，也摇一摇我们

（原载“一见之地”微信公众号2022年5月10日）

## 落雨的午后

龙　少

雨落很急的时候，我正在书房擦地板
没有比这更好的事情
用来打发时间了
我穿青色的睡衣
轻轻擦拭着木地板
一点点面包屑是早餐留下的残物
凌乱的书是昨晚翻过的
这一刻除了雨声，我没有听见别的声音

我时常沉默，思维缓慢
我要经历的，别人已经经历过了
而别人遗弃的，我还握在手心
当我带着我的孤独
活在自己的日子里
我的朋友，为什么你没有喊我一声
我的朋友，为什么
你还在我的骨头上种植着蔷薇

（原载“诗探索”微信公众号 2022 年 9 月 14 日）

## 重　复

**龙　少**

几个割草的人，和我隔着半片水域
他们站在水中央的浅滩处
弯腰，起身
抱着草垛走向岸边的三轮车
在我数蝌蚪或者静坐的时候
他们不停重复这个动作

四周，蝴蝶低飞
数不清的光线，任风推着慢慢跑
草还和往年一样，悄无声息地生长或枯萎
而我，在这午后的水域里

看见了自己，看见好多年的自己
有时是溪水，有时是草木。

（原载“一见之地”微信公众号 2022 年 1 月 18 日）

## 我渐渐接受了我的平庸

卢卫平

我渐渐接受了我的平庸
正像我早已接受了我的卑微
我的忙碌是暴雨前搬家路上
一群蚂蚁的忙碌
我的喜悦是阳光照进书房
我看见阳光里舞蹈的尘埃的喜悦
我不再在潮水退去时回旋在
沙滩上长长的拖音里听见焦虑
也不会因雷的愤怒
在深夜去寻觅迷失在乌云里的闪电
平庸是我熬制半生的红糖
终于在我接受它时包裹住了
一粒粒失败的苦药
平庸的平是平和的平平安的平
平凡的平卢卫平的平
平庸的庸是庸常的庸中庸的庸
庸众的庸毋庸置疑的庸

我渐渐接受了我的平庸
正像我早已接受了比我更平庸的人

（原载《草堂》2022 年第 4 期）

## 旷古的叶痕

老 井

看到煤壁上一片旷古的叶痕
我停止了刨击
拿起胶皮水管，轻轻地将它浇灌
地面上春风浩荡，地心深处春雨丝丝
只要有机会，就用安全帽上画着的太阳向
那里照耀。我相信煤壁上很快就会
蓬起一棵小树，开出几朵煤花
到时候乌黑的煤块会自动地往下掉
再也不用我们举镐动炮
狭小的工作面上也一片凉爽、一片清香
假如我继续照耀和浇灌下去
再施上一些化肥
一棵苍翠的大树肯定能长起来
最终还会把这片
绵亘的煤层，顶至明媚宽敞的地表上

（原载《绿风》2022 年第 1 期）

# 西塘街老照片

老　铁

白墙，黑瓦，灰路，支撑着三维空间
黄金分割线上，光秃的河埠
搂着一根孑立的电线杆
可赋予多种寓意
这个画面，空气似乎有点凝固
隐约感觉到，齐整的屋脊后面
一排规矩的杉树
勾勒出风尖锐的形象
天空飘浮着淡淡云朵，偶尔脱落一块
应着快门的声音，坠入至塘河
溅出这座小城的一些方言
释放出些许光亮
景深处，一辆自行车
沿着设定的光圈，渐行渐远
白衣蓝裤的骑车人
也许是我的父亲或者大伯
东头的半山桥堍
是他们的家

（原载“左诗诗刊”微信公众号 2022 年 10 月 13 日）

## 被侮辱与被损害的诗

吕　达

现在它们只在梦中显现了
甜美的，紧张的，剧情起伏的
我确实渴望过去度另一种人生
粗鲁的，温柔的，进攻的，接纳的，英文的，日文的……
诗确实可以包罗万象无所不能
但诗人无法活过黎明

啪嗒一声，当电灯亮起
只要头发还在，眼镜还在，肉身还在
就必须做饭，刷锅，挤地铁
为成为一只尽职尽责的蝼蚁而奔跑
此时诗已完全死去
但它没有留下遗体
它喜欢不辞而别
像我深爱过的每一样人间事

（原载“方舟诗社”微信公众号 2022 年 2 月 21 日）

## 你还没吻过我

吕　达

祖国辽阔，我去过的地方很多

唯有故乡不认识我
熙攘人世，我爱过的男人很多
唯有你还没有吻过我
身处宇宙的浩莽，我被你吸引
是否意味着你也同样被我吸引
相爱的人啊，我有不自知的忧愁
而惯性的微笑是否可以用来迎接
突如其来的离别和老去

（原载“早上好读首诗”微信公众号 2022 年 6 月 28 日）

## 空空荡荡

刘　春

去年九月以后，你回老家的次数
比以前明显增多
但没有用了，你见不到父亲了
他躺在两公里外的盒子里
只有墙角的照片
证明他曾是这个屋子的主人。
当然他也可能晚上回来
像以前那样择菜，做饭，然后
斟半杯酒，心满意足地坐在餐桌旁
但是你看不见了。
每一次回去，你都会找理由

进他的房间，比如找棉签、指甲钳
实际上你什么都没有做
只是在里面发呆
去年天冷的时候，你习惯性地
打开他的衣柜，找被子
并且真的找到了一床。
平时你和母亲聊聊天，浇浇花草
草草吃饭，看一会儿电视
就上楼睡觉了。
父亲走后，你才发现
除了时常回家
这世上没有多少重要事情

（原载《广州文艺》2022 年第 1 期）

## 船　歌

刘　年

我的归宿，是条小船，水竹的篷子，水杉的橹
舱里没有信号，有个火炉，有些纸笔，有些书

船在白鹭歇处，船在烟雨收处，船在月亮出处
那里芦花无数，那里山重水复，那里无人呼渡

我是我的朋友，我是我的妻子，我是我的儿子
我是我的医生，我是我的护士，我是我的道士

赶了我就可以走，烦了我就可以走，病了我也可以走
小船也是木屋，小船也是棺材，小船也是坟墓

（原载“行吟者刘年”微信公众号 2022 年 1 月 25 日）

## 在月亮岛看月亮

刘立云

来到月亮岛不能不看月亮岛的月亮
来到月亮岛我是被月亮岛的寂静
和寂静中遍地的月光
惊醒的。在月亮岛，我半夜爬起来看月亮
一时恍惚，不知是月亮走进
我的梦里，还是我走进月亮的梦里

小岛月华皎皎，巨大的湖面波光闪闪
远远近近像铺着耀眼的碎银
整座岛在碎银中漂浮，这让我怀疑月亮岛上的月亮
是月亮岛上的人用银子打造的
就像他们用银子打造渔船
打造孩子们的梦，也用银子打造出岛的路
当你把桨伸进水里
听得见哗啦哗啦，搅动银子的声音

在月亮岛看月亮，如果你偶尔低头

将看见水里也有一颗月亮
当然这不稀奇，稀奇的是你看见水里的这颗月亮
它摇头摆尾，就像月亮岛上的人
养在水缸里的一条鱼
一条会发光的鱼，会唱歌的鱼
他们用什么喂这条鱼呢？
我发现他们用三月的苇草，用莲藕来不及
打开的嫩叶，用颗粒饱满的芡实
把这条鱼喂得白白胖胖的
游都游不动了，每天只在淀里游个来回

淀叫白洋淀，就是古人叫它祖泽那个
就是永定河、滹沱河，还有瀑河
唐河、漕河、潴龙河
日日夜夜流啊流啊，流了几千年几万年
总也蓄不满那个。当淀里的水
慢慢，慢慢，把村庄围成孤岛
岛上的人胆大妄为，他们把路过的月亮
截下来养在水里，做他们的宠物

（原载《诗选刊》2022 年第 4 期）

## 桑　葚

刘平平

我的小姑娘呀，你不要重蹈我的覆辙

爱是什么我不知道
爱不是什么我要告诉你

还青青的浅浅红的桑葚，你要抱紧枝条
无论风中雨中抱紧自己
爱不是不管不顾。不是你像淇水一样汤汤付出
岸就给你回报

爱不是你反复吹奏的小夜曲，叮叮当当
有风吹来自动回放
那满地滚动的是雷霆，不是爱的回响

你看看现在的我呀，被一条河流拐走
又被另一条河流的漩涡吞没
我的小姑娘呀
我的小姑娘

（原载《五台山》2022 年第 3 期）

## 一个人在镜中

李　南

一个人在镜中，无法看到罪性
只能看到日渐衰败的脸。

一群麻雀并不因为田中的稻草人
而收敛起自己的坏脾气。

不要以为识字就有文化
不要小瞧灰烬携带的使命。

走进绵绵山脉，穿越茫茫沙漠
你会渐渐放下心中的刀斧。

乡道上高过人头的蜀葵落满灰尘
仍能开出红花和粉花。

非法的爱，得不到祝福
野草有时却可以成为珍稀药材。

死亡里都有一种恐怖的味道
没有谁会长久地迷恋。

在他人的泪水中，你感觉不到疼痛
只能找到逃生的出口。

落日也能发出强悍的光芒
黑夜同样会孕育闪电、诞下雷霆。

（原载《诗歌月刊》2022 年第 3 期）

# 豆 芽

李 浔

豆芽八岁了，应该在妈妈面前
朗读课文里描写的蔚蓝蔚蓝的天空
但豆芽找不到外出打工的父母
豆芽，小小的肩一耸一耸
小小的泪打湿了同样幼小的玉米叶子。

来自远方的风吹动了豆芽
豆芽又开始了朗读
朗读父亲，朗读母亲
朗读奶奶说过的一个城市的名字
风是温暖的，豆芽相信
这风是从父亲母亲身边吹来的。

八岁的豆芽，应该在妈妈怀里
写下自己像花朵一样的名字
但豆芽找不到父母
找不到好看的书包，豆芽
只在玉米地里画下了父亲和母亲
这一切只有玉米和远方吹来的风知道

（原载《星星·诗歌原创》2022 年第 7 期）

# 病中的母亲

李　琦

母亲不知道
她已经患上阿尔茨海默症
只是，她还没到重症的阶段
有时貌似还和平常一样

这一天，她把我认作家中的保姆
给予我高度评价：你是最负责的
真的，非常专业。只是，她犹豫了一下
一番斟酌，还是说了出来

我知道你很有礼貌
但你确实不该，叫我妈妈
这不是一个随便的称呼
更何况，你看看你的年纪

我一时无语，我的妈妈
每次犯病，都能回到年轻时分
那时，她明媚单纯，心无挂碍
而无论是妻子还是母亲，那些境遇
那种沉重，可能都让她过于吃力

于是，我和她进行奇异的聊天
她说自己快四十岁了，还一本正经

慨叹时光的流逝，全然不知
那已是四十几年前的事情

临睡前，服侍妈妈吃药
她又认出了我，呀，你来了
她已经忘记了，我在她身边这一天

她说，早点睡吧，姑娘，我现在挺好
说完她还调皮地打趣，我老是老了
脑袋还不糊涂。不像你
回家来住，事先也不说一声

（原载《扬子江诗刊》2022 年第 4 期）

## 筛胡麻的父亲

李 蓉

眼看就要开学了
我的学费还没有着落
父亲紧锁眉头，绕着庄子转了三天
最终，他拖出两袋预留的胡麻种子
跪倒在院子中央
他闷头摇晃手中的筛子
身子也跟着晃动起来
他要筛掉混迹其中的断茎、颖壳和沙砾

他说，这样看起来“打眼”
那是我平生第一次见父亲
在一堆粮食面前下跪
一直以来，父亲不停地用体力
榨出生命的水分
仍不能让生活变得纯粹
后来，他终于没能筛掉
埋在命运里
那粒霉变的种子

（原载《草堂》2022 年第 2 期）

## 你好，陌生人

李小洛

你好，火车，车厢里疲惫的乘客
餐车里的苹果，打盹的乘客中间
一位旅行者的心

你好银河系
银河系里遨游的星星，大熊星座，
我的前半生和我的后半生

你好，水杉
水杉里的水，小王子和田螺姑娘

你好，草原上的马匹，
牧羊人，青草，露珠
和露珠上摇摇晃晃的太阳

你好，阴雨天里高高垂下的大气压
我静坐过的椅子，板凳
卧室，客厅与书房

你好，陌生人
新年以前，我们还没见过面
如今我们见了
我们将一起去南山下
造房子，修池塘
采草莓和去海南

（原载《民族文汇》2022 年第 2 期）

## 黄葛古道遇雨

**李元胜**

石板路径直向上，仿佛长颈鹿优美的脖子
它骄傲的头，向上，再向上，唯有孤峰相望

多数时候，深陷于日常悲喜的我们
是否还有值得举上云端之物？

和我无数次互相丈量，现在如此沉默
像一棵终于扔掉枝叶的黄葛树

像我们，路过青春，再路过盛年
直到握着的闪电，冷却成一枝金属

像我们，困于钢筋水泥，困于车水马龙
仍总不心甘地高举着什么

在二楼坐下来，煮水壶里
有一个遥远的宋朝人在低啸

此地茶盏很重，脚下有一座瓷山
此刻茶水略苦，手上有一个悬湖

唯有此地，唯有此刻
被我们举过眉间的群山现出真身

我们微笑，转而聊无关紧要的事情
似乎，没有茫茫烟雨，也没有一群白虎路过窗外

（原载“长江诗歌出版中心”微信公众号 2022 年 3 月 28 日）

## 松木湾

李会鑫

小镇在西边。河流从西边过来，拐个弯，往北流去
河流没有名字。拐弯处有棵松树作为社木
这个地方有了名字，松木湾

黄昏袭来，农夫收起锄头，到河里清洗污泥
愈发苍老的黝黑，是他无法洗去的标识

在松木湾，人们用松木生起篝火，点燃一些遗物
鹅卵石上跳动的河水生出淡黄的鳞片

在松木湾，篝火用炽热的庄严埋葬曾祖母的物件
火苗逐渐虚弱，仪式快要变成一场废墟
河流裹着年老的秘密，一边流淌，一边老去

（原载《星星·诗歌原创》2022 年第 5 期）

## 曾　经

李克利

我们称呼它慢城，街道的青石板
拙朴而沧桑。两旁的老柳树下
卖冰棍的，摆小人书的，爆爆米花的

安静地守着摊位，没有谁主动招揽顾客
昆虫的鸣叫，把日子唱得高低起伏
风穿过胡同，脚步就有了些曲折
几个放学的孩子，故意磨蹭
羡慕下班的工人，自行车一辆接着一辆
往高处走，影剧院、粮所、邮电局
往低处去，裁缝铺、照相馆、理发店
灰暗的建筑和明亮的天空竟也融洽
潴河由此转折向西，突兀得让人措手不及
哐当哐当的绿皮火车
载走了多少慢慢腾腾的岁月
曾经的旧址几无踪迹可寻
曾经荒凉的河岸，挤满了人间烟火

（原载《滇池》2022 年第 3 期）

## 写在春天到来的时候

李点儿

我想哭
大声地哭
高一声低一声粗一声细一声
一声接一声地哭
像母亲用旧的纺车
在深夜，持续发出迂回的嘘声

我想哭
在春天到来的时候
哭声不是一个人若干悲伤的宣泄
我想用这种方式，告诉世界
命运垂怜了一个女人和她曾经的苦难
让她一推开窗，便看到
紫荆花在开

（原载“李点儿”微信公众号 2022 年 3 月 16 日）

## 致青纱帐

李轻松

七月的青纱帐又起，燕子与虫子欢腾
地平线漾出墨绿
吃高粱米饭和玉米饼子长大的人
皮肤粗糙却都有一副好心肠
丘陵上高粱那么俊美，玉米朴素
叶子如刀，风顺着垄沟吹
当然也顺着穗子和皱纹吹
叶子哗哗响起时，仿佛大海起伏
大姑娘一脸沉迷，在波涛与人言之间
在通红的脸膛和洞房之间
大伯骑马隐没于月亮和绺子

二伯唱着戏词过了大小凌河

等到青纱帐落，他们已是满头霜雪

七星偏西时分，大地已经凋零

不知今夜是父辈们漫过了青纱帐

还是青纱帐漫过了众生……

（原载“诗与画”微信公众号 2022 年 7 月 21 日）

## 葡萄架下

李寂荡

盛夏最愉快的一件事情是去河里洗澡

然后回到葡萄架下阅读

斑驳的阳光洒在那些文字上

那些文字就像蝌蚪在游动

看一会儿书，再看一会儿远处连绵的峰峦

以及飘过山峰的云朵

我能默诵古尔蒙的诗

“西茉纳，到林中去吧：树叶已飘落了

它们铺着苍苔、石头和小径”

八月，葡萄熟了，披着一层霜

像一只只倒悬的水晶体圆锥

我们的村寨一半是苗族，一半是汉族

有一个晚上，苗族姑娘欧桑

来到我家葡萄架下。除了虫鸣和
一两声夜莺的啼叫
以及河水的流淌声，村寨一片寂静
院子里洋溢着紫红指甲花的气息

欧桑想摘下一串葡萄，即便踮着脚也够不着
我想上前搂住她的腰将她举起
可是，我没有，只是站着纹丝不动
我仰起头，透过葡萄枝叶的缝隙
望见那遥远而喧嚣的星空

（原载《中国作家》2022 年第 9 期）

## 生日诗，致母亲

林　珊

妈妈。今天是我的生日
你一定不会忘记。这是我在北京
度过的又一个春天
我的朋友们从春风里赶来
为我带来深深的祝福
去年今日，我一个人在赣州
为自己送上
一份特殊的生日礼物
所有的礼物，都何其珍贵啊

妈妈，北京的春天还没有来
树林和屋顶的残雪
还没有消失
八达岭的杏花
还没有灼灼地开
今天在团结湖北路
我看见路边的一排刺槐
在春风中，舒展枯枝
妈妈，从前我并不清楚
从一个少女成为一个母亲
到底需要付出多少汗水
饱含多少艰辛
如今我正在重复
你曾经走过的道路
如今我最不愿意看到的
是你华发渐生
风霜满面
妈妈，我从来没有告诉过你
多少次，当我风尘仆仆
在黑夜中穿过万家灯火
我最想看见的
是你那双
温柔的眼睛

（原载《诗歌月刊》2022 年第 7 期）

## 他们将欲望藏在了哪儿

林　莽

齐白石将欲望藏在了哪儿
他九十岁后笔法零落的牡丹图里　还是
当年爆裂的石榴或盛开的牵牛花中
徐悲鸿的呢　《愚公移山图》中有吗
那不成比例的奔马中一定没有

罗丹用烛火照着年轻女模特的小腹
他指着灯光暗影中的曲线说
一个女人的美也许只有几个小时

郎世宁清宫御用的画笔不需要欲望
那生之源流对他不再重要
而怀素的效仿者们在张扬的线条中
让我们感到了某种生命的释放

在东方　大师们把真经隐在内心的深处
让许许多多的后来者一生都不得要领

（原载《人民文学》2022 年第 2 期）

## 向现代之狗扔了块石头

林　莽

什么是现代艺术
皮娜・鲍什说：我舞蹈，因为我悲伤
在德国她的剧场那么广阔
我见过她煤矸石山上的露天舞场
肢体的语言不再唯美

塞尚因沮丧而画下那些灰绿色的作品
凡・高因想念而有了十几幅燃烧的向日葵
安迪・沃霍尔用波普完成了
对资本复制的控诉

只有先锋概念和娴熟的现代技巧
那也只是匠人的手艺
没有心的战栗　没有了灵魂的波动
那只是向现代之狗扔了块石头

（原载《人民文学》2022 年第 2 期）

## 春风十二行

林　莉

一日春风不至，柴门轻扣，牛羊安宁

大地如一面古铜镜，朦胧而暧昧

二日春风小趋，枯木相逢，老枝发了新芽
雏鸟出壳，唤起桃红一点两点三点

三日春风趔趄，有日出南山，石缝中伸出茸茸苔藓
山腰藤萝已过盛，斫柴人不得俯下身去

四日春风荡漾，大雨急就，敲打屋顶
蝶儿倾巢而动，隐疾并发

五日春风妖娆，电光闪，荒原着了魔
是一片金黄，一片油绿

六日春风酩酊，山河倒置，英雄出关霸王别
人间的悲欢，且容我用千杯换此醉死梦生的一回

（原载“诗与画”微信公众号 2022 年 2 月 11 日）

## 画春风

林 莉

在无人的山野
碎米荠菜到山鸡椒花之间
我要把它画成一阵吹拂的模样

翠绿的呼吸和咚咚心跳
我要用空空的篮子
把它带回家
漫长的冬天过去后
我要把它画成摇曳这个词语
那一树清新的鹅黄的忧郁，此时
也在吐蕊，有了欢喜的回应
远方的人，如果你已走进山野
从成片的碎米荠菜中弯下腰身
拎着空篮子
或者，孤独地站在山鸡椒树下
若有所思
那一天，花落山坡
我拿起画笔，你吹着口哨
我放下画笔，你吹着口哨

（原载“无限事”微信公众号 2022 年 6 月 4 日）

## 浑北人家

林　雪

那个坐在自家农舍大门外的女人啊
今天，我两次经过你

你家大门爬满豌豆荚。你一会儿在阴影里

一会儿在阳光下。你头发乌黑，美好
你母性地笑。你不会轻易忧郁
而我在有生之年，一直被忧郁困扰

一只黄色小狗蜷在你脚边睡了
几只小鸡围绕你。你一边让
手儿择着芹菜，一边回头
对院里那个男人说话。那个男人
站在牛栏边，草帽遮住了他的脸

那个坐在自家农舍大门外的女人啊
守着自己的家。向着与家相反的方向
我还在路上奔走，用越来越虚弱的理由

那个坐在自家农舍大门外的女人啊
你房子上的烟囱升起了炊烟。灶台里的火
闪出一星火苗。大路上多了两个身影
那是你的两个孩子正走进家门

你年近四十，正是踏实为妻的年龄。你穿
一件白色 T 恤，印花短裤。你手脚厚大
你已没有身段。你不会怀疑生活
欺骗了你，你也不会怀疑自欺

那个坐在自家农舍大门外的女人啊
正招呼全家人吃饭。我走了许多路

我的胃从早晨一直空着
我的孩子们，寄放在不同的城市
他们从照片上望着我。他们的眼神
透着倔强和孤单。他们无力质疑自己的命运

那个坐在自家农舍大门外的女人啊
你那么明朗，你的门外
一个过路女人茫然若失，向你遥望

（原载“诗与画”微信公众号 2022 年 2 月 13 日）

## 有趣的眼睛

陆辉艳

早上拉开窗帘时，对面楼道的
一双眼睛，正透过镂空的
窗格子，朝我的书房观望
桌上散乱地堆放着书，拆封的
和未拆封的，畅销的和冷门的
深刻的和有趣的
谈不上对我有用或无用

但是对面楼的那双眼睛
让人走神了
第二天拉开窗帘

它们还在那扇窗格后
闪着明亮的光
好像在等待某种回应

第三天仍然如此
我有些不安，戴上眼镜
一种清晰的事实
擦拭着幻想的虚空和羞愧
那双眼睛，它们来自
一张虚拟的漫画人物海报
清澈，深邃
比这世间的任何一双眼睛都有趣

（原载《扬子江诗刊》2022 年第 1 期）

## 境　界

柳　苏

最幸福的，莫过于
埋头做你喜欢做的事情
心怀一片大海
潮涨，属于好消息
潮落，同样惬意

天、水、内心遍染蓝色

宽阔，深沉，亮丽
这种境界
需付出一生的努力

（原载“杯水诗刊创作基地”微信公众号 2022 年 12 月 7 日）

## 一切真实胜过虚拟

莲 叶

那天，我们接母亲出院回家
房前屋后，被父亲打扫得干干净净
为了迎接母亲
父亲在电饭煲里煲了稠稠的稀饭
又换上他的中山装
坐在门口，等母亲

母亲住院的日子
我的父亲，一个七十四岁
中过风，走路带拖的老头
一个人默默地把山墙边的杂木斫好，堆在屋檐底下
再把我们建房时余下的细沙收拢，然后，父亲
把沙一锹一锹撮进他用砖块垒成的仓库

当我们下车，父亲站起身
望着母亲嘿嘿地笑

我的母亲，快速地瞄他一眼
就调开了目光
然后，他俩坐在一起，只说门前的菜蔬
比从前更好
那个时候，父亲搓着手的样子
像个害羞的男孩

（原载《星火》2022 年第 3 期）

## 春日，老家叙事

理 坤

雨水是悄无声息的，一会儿有一会儿无
院子因长久闲置，已嗅不到丁点烟火的味道

霉味应该是多年前就有的。依然弥漫
我仍能清晰辨识那些夹杂其中，谁的气息

生也怯怯，死也寂寂，都不过是尘世的往复
春日浩大，人生苦短，而我们深陷其中

（原载《诗刊》2022 年 4 月上半月刊）

## 听一首歌

离　离

等电梯的时候，听一首歌
曲中人，悲欢离合
她反复唱给我听
电梯里，空空的只有我一个人
轻声跟着她
低唱。多么悲伤的爱情
一声一声被唱出来

多么悲伤的爱情，我也有过

（原载《草堂》2022 年第 3 期）

## 葵花田

梁　梓

有谁和我一样，在八月的葵花田里
乐于承受一种神秘的眩晕
如同经历时间的沉淀、澄清的过程
甚至会相信此时的太阳
它不会继续西沉

我坐在垄台上，我想更安静地呼吸

可那些低头的绅士，不停把闪烁的金粉
洒在我的头顶，痒痒的，像雨丝
我还是一动不动，仿佛弥撒已开始
仿佛已进行晚祷；仿佛再过一会
亲人们会陆续聚拢在我身边

（原载《猛犸象诗刊》2022 年总第 60 期）

## 声　音

梁小兰

切菜的声音　煮水的声音
铲子和碗互相碰撞的声音
鹦鹉学舌的声音　雨水滴打海棠花的声音
两只苍蝇在空中厮打的声音　汽车打喇叭的声音
小狗汪汪嚷的声音
小贩叫卖桃子的声音
摔跤的小童大哭的声音
喜鹊在树枝上喳喳叫的声音……

很多东西的声音尖锐、粗壮
很多东西的声音细弱、慵懒
很多东西的声音悦耳、性感
很多东西的声音纯净、清冷

而另有一些事物从来不发出声音
譬如云朵落到屋顶的声音
譬如阳光落到玻璃上的声音
再譬如灯开亮后，光一点一点扩散的声音
钟表拦截空气的声音
黑暗一点一点降临屋子的声音
倒影在河水里猛烈摆动的声音

从不发出声音的那些事物，往往是
温暖的、敦厚的、寂静而辽阔的

（原载“名诗馆”微信公众号 2022 年 2 月 1 日）

## 斑鸠湖

梁小兰

在一座多孔石桥上，我停下来
天色微暗，石缝里的蟋蟀发出响亮的叫声
桥下的水很静，无数水黾在水中轻盈滑行
夕阳落在水里，真正的水天一色了
一簇簇紫色睡莲散发着迷人的韵味
鸢尾黄花有些开得热烈，有些带着一点倦态
廊桥隐约在远山中

木栈道上，一位父亲蹲下身去

给儿子拍照
孩子做着各种动作，父亲也变换着各种姿势

有白鹭乘着黄昏飞来，拍打着翅膀
落在水边的石头上

此时若是一株芦苇会更好
或者是一叶小舟、一只蜻蜓、一条草履虫
也很好

宁静的时光浮在水面上
一些事物背对黄昏生长

（原载“名诗馆”微信公众号 2022 年 2 月 1 日）

## 回故乡

梁书正

熟人越来越多，打招呼的越来越多
快进村时，每一朵花每一根草都是亲人了

一只鸡朝我打鸣，一条狗朝我摇尾巴
一群小孩舅舅满满地喊
一朵白云飘来，在头顶稍微停顿了一下

我认出了阿爸，一个和玉米一样高的人
我认出了阿妈，一个背着夕阳归来的人
我认出了女儿，五彩风车在她手中转啊转

我认出了我的故乡，妻子抱着婴儿
果实挂满枝头

祝福每个人回到自己的故乡
祝福每个人放下行李
一手牵起河流，一手抱住群山

（原载《安徽文学》2022 年第 3 期）

## 庄稼茂盛

梁书正

与房屋连接一起的，是田野
和人们一样生长的，是庄稼。庄稼是有命的
乡村的人们都能听到它们的
呼吸和心跳
所以，在乡村，人们都会
扶正一根长歪的玉米，会绕过
一片生长的庄稼
他们总是轻手轻脚、小心翼翼
仿佛生怕踩到活着的小生命

在我的家乡，小小的洲上坪
红薯啊，土豆啊，长好了，会藏到地底下
像人们藏着至亲的人

苞谷啊，花生啊，长好了，会挂上房梁
人们一抬头，顺便
就看见了星辰

（原载《安徽文学》2022 年第 3 期）

## 在博雅尔草原遇雨

梁积林

岚雾升腾
一只鹰在半空里忽显忽隐
匆匆忙忙地驮运着那些积雨的块云

雨下起来的时候，鹰已隐遁
似乎还丢下了一声作别的唳鸣

天大得，只有一匹马在坡上滑动
天小得，只有两个人在偕行

这天下，好像只有扎斯隆布和他的羊群

这人间，仿佛我们是第一次来此相依为命

一道闪电，肯定是神挑了挑灯芯
隐隐约约的狗叫声
像是山梁上，有人一直在为我们
一晃一晃地打着照路的手电筒

（原载《诗刊》2022 年 4 月上半月刊）

## 别陇南

路 也

就此别过，朋友，我先行一步
车子驶上高速公路
窗外，山峻路绝踪，犹如命运
我望见了杜甫拖家带口走过的石径
他跟在猿猴后面争食橡籽的山谷
还有那些野坡，他以长铲刨食雪被下的山芋
他急需吃饱肚子，活下来并且有力气
继续去爱那个让人失望的国家
759 年的冬天，悲风从天上吹来
一直吹到了今天
诗人中的孔子，累累若丧家之犬
命悬一线，挣扎在大西南的野岭荒山
仰望时光在天空中奔跑

可曾预见过诗歌那照亮后世的光焰

而我今日，别陇南，转道长安，飞登州蓬莱

也诵九歌、咏四愁、吟十八拍

靠着绝望

飞奔并腾空

朋友，就此别过

出路是有的，出路正在绝境之中

无论同谷更名礼县成县还是统统叫陇南

唯青山流水永不改变

谁不曾历经中年的安史之乱

谁就无法得到上天的馈赠

没有一场体内的火灾

嗓音怎会变得沉郁顿挫

（原载《深圳文学》2022 年第 2 期）

## 野菊来函

路　也

诗人你好，我已在村路和山崖开放

一朵朵，一簇簇

毫无疑问，我姓陶

我的清香已渗进秋天的动脉和静脉

石头和石头受香气牵连

结为了兄弟

我已有了一件风的罩衫
还缺一件薄雪的外套
在秋天和冬天的门槛上，我才开得最好
倘若你肯为我写首诗，我就什么都不缺了

你何时到南山来
我想请你指挥一个漫山遍野的乐队
在这里写诗，写坏了也值

是的，我已得到天空的允许
成为一丛野菊，不进入任何园圃

佳期如许，恭候诗人到来
南山野菊敬上

（原载“路也在城南山上”微信公众号 2022 年 4 月 13 日）

## 午夜随想

**路　亚**

睡眠是水下
睁着眼一动不动的鱼

瞎眼的午夜
我穿过它，寻找一个合适的词
却被更多的词追索

风推着我滑向深谷
一大群孩子，并未发现我的到来
他们跳皮筋，斗蟋蟀
争吵，脸红，又勾肩搭背

不远处，漏风的屋子里
一个女孩正手执画笔，对着年画上的
花木兰，一笔一笔描摹

他们是如此心无旁骛
仿佛不知道明天会走得很远……

而今天的我，终于找到几个词：真快啊
从沸腾到冷却，就是一生

（原载《北京诗刊》2022 年第 2 期）

## 归去来

蓝　野

又是背井离乡的一年
六百公里后，我们看见燕山

横亘在天地之间

我曾多次登上它的山峰
张望过这条大路
自南向北，这条路穿透了
东西走向的燕山
它们在大地上交叉，在大地上
画了一个十字

燕山脚下，就是我们寄宿的异乡
再到年底，我们依然会背对着燕山离开
就像我们可以卸下
背负着的，沉重的时间

燕山下，人生的剧目
拉开了又一场的幕布
就像真的排练过
我们迈向舞台的步子
并不迟疑

（原载“诗叙事”微信公众号 2022 年 2 月 20 日）

# 春　信

**蓝　野**

傍晚，我向密林走去

天色逐渐暗下来
直到最后，在墨一般的黑暗中
我触摸到了，就是它！
——孤独如一堵墙，立在那里

在漫无边际的黑暗中
我触摸到的孤独，是推不倒的
星空一样深邃
又有着金属一样的密度

在寂静中，一瞬间的耳鸣
这一只破壳的鸡雏，啄破了
那路过我脚踝的星星

这就是我的孤独
竟然无法向你描述
但站在这里，在天宇之下
我知道你也拥有着它
却咬着牙，从不说出

（原载《草堂》2022 年第 8 期）

## 还乡即景

蓝格子

后来的情节中，连交谈都省略了

还乡约等于一次旅行
从晃动的车厢内看出去
迎面风景被一冬天的积雪覆盖着
乡村里点亮的灯愈加稀少
这让人开始联想到一些过往
少时采摘的蕨菜卷曲
树林里
变红的野草莓还保持感性
多年来，是什么
一直在教育我们（未老莫还乡）
风急天高
雾凇持续从树枝上消失
只有几棵玉米秸还站在广阔的空地里
坚持着。落日
隔着车窗，向西滚动
有什么，正从胸口不断涌出

（原载《星星·诗歌原创》2022 年第 5 期）

## 不值一提

瑠　歌

许多次经历告诉我
当心中
怀着无法化解的悲伤时

写下的诗
会非常糟糕

尤其是
当你用高高在上的语言
去修饰
那种悲伤
是多么沉静
多么
具有诗意时

在层层伪装下
那个无法抑制地
去渴求他人理解的
可怜巴巴的
自我

就会更
可耻
地
显露出来

所以
今夜
我决定什么也不做
静静地

让这种感觉
留在心里
用一生去融化
不泄露
一滴可耻的悲伤

（原载“无限事”微信公众号 2022 年 3 月 29 日）

## 准噶尔盆地行记

马 行

准噶尔盆地的东面，走着七百里长风
西面，卧着八百里戈壁

准噶尔盆地的中部
有两条河流，已枯干了千年
还有沙山，正在熟睡

是的，准噶尔盆地并不荒凉
它只是厌倦了繁华

在这儿，某些星星
如果累了
依然可以从天上跳下来
化作戈壁石

这个下午，在准噶尔盆地的木垒哈萨克
我随手捡起的
一块戈壁石，内含星光

（原载《诗刊》2022年5月上半月刊）

## 一滴雨的远行

马　兴

一滴雨滴进水洼溅起水花
一滴雨滴落大海陷入空无

一个人融入一群人
如一块矿石投进熔炉

他，在人群中适应丛林
锻造为被修辞的人民

我在人民的洪流中融入生活的河水
我与河水合为我们

我们在湍急、沉浮的长河中往低处流
流入永垂不朽的大海

（原载“长安的马厩”微信公众号2022年12月8日）

## 甜蜜颂歌

马　拉

像是听到死亡的甜蜜召唤，
她的歌声和海浪的碎屑，完美的音节；
没有比这更动人的琴弦了，
我因此而赞美肉体，赞美生命。
死去的女孩和雪一样白，一样美丽
她会在春天发芽。我因此而赞美爱，
赞美落在地上枯黄的树叶。
我不再恐惧，不再为黑夜里的鬼魂哭泣，
生命已经来过，像小溪中流动的水滴；
把脸放在她柔美的胸前，我不再惊慌失措，
死去的亲人早已酿好了葡萄美酒，
他们在小树林里等我，微风送来消息：
尝试赞美这世间的一切，包括灰尘。[①]
我像是听到了灵魂的回响，迷途的人
因为听到钟声而欢欣不已。

（原载“诗探索”微信公众号 2022 年 9 月 16 日）

## 骑着中年的老虎

马　嘶

在树影下获得的眩晕，仿佛饱满而

① 源自扎加耶夫斯基《尝试赞美这残缺的世界》。

闭羞的光籽。通体紧张

大学城里，忧伤的古典少年
揽着初夏的腰肢，让我充盈，虚掷

我确认，我曾经来过这里。蝴蝶的双眼在
暗处试图一遍遍启示我，恢复我

像山脊那棵古老的，十八岁的香樟
一次次接通舌尖上消失的电流

和点燃颅内烟花。酒饮至凌晨
少女怎么才能重新回到樟叶的体内

我怎能重逢抱头痛哭的我，青年
的我。一头情欲饱满的小兽

像今夜在灯下漫步，我骑着中年的老虎
当然也是为了引起年轻人的注意

（原载“诗探索”微信公众号 2022 年 9 月 17 日）

## 给大玲的黑白照片

马永波

那时候日子很清晰

黑白分明

你黑白分明地活着
跑起来像个乡下姑娘
我看见你从黑林子里出来
去采白花
我看见你微笑
看见你望着我微笑
可那些日子我并不存在
你只望见了别人
那些日子过去了
那是你最爱我的时候
你一定幸福地想过我
想我一定在找你
像找一个童年失散的伙伴
满足于这些想法
满足于自己躲得很好
等我找到了你
你就已经不是那么纯粹地爱我了
有时你看上去挺忧郁的
湿湿的头发粘在额上
在一片阳光明亮的草坡
那么就赤足在灼热的草丛中飞跑吧
一直跑到坡底，跑到我身边
然后转身，我们一起注视
那黑白分明朴素而丰裕的日子
看一个采白花的小姑娘已走出了黑林子

疑惑于林边那一道耀眼的白光

（原载“诗与画”微信公众号 2022 年 6 月 24 日）

## 羔　羊

马秀芳

下雪天
父亲骑着他的枣红马
去寻那只走失的羔羊
他说找回来就把它宰了
父亲每次找不到它时就会丢下这么一句
年老的父亲在寒冬腊月里找了它好几回
这只羔羊是父亲从小用牛奶喂养大的
它的母亲因它难产而死
它是父亲羊群里最肥健的一只羔羊
是父亲逢人就夸赞的一只羔羊
长大后，它学会了叛逆学会了离家出走
奶奶的祭日到了
父亲这一次终于下了狠心说要宰了它
父亲在几十公里外的代牧人的羊群里找到了羔羊
将它从马背上驮回家
我推开院子的大门时
一群喜鹊正围着雪地上一摊冒着热气的鲜血

（原载“诗的城市规划”微信公众号 2022 年 12 月 9 日）

# 回旋曲

毛　子

所有的水，都知道波浪的起源。
所有的路，都用尽了自己。

所有的砧板，都累积人的餍足。
所有的睡眠，都是对死后提前的温习

我少年走过的大路，已经萎缩；童年爬过的树
也无影无踪。我在科尔沁草原遇到的云，铁路沿线
遇到的脸，深夜大街上遇到的流浪狗
他们像一张磁卡，慢慢消磁

我听说鱼的记忆只有七秒
煤的形成需要几亿年。

在一个不确定的世界，我确定着自己
——我遇到最暖的水是羊水。
我见到最冷的火，是磷火……

（原载“无限事”微信公众号 2022 年 5 月 7 日）

# 裸　雪

芒　原

立春日，却是醒来寒意
前面的那些积雪都还没有融化
另一些大地的纺织工，又白茫茫一大片
白与白的叠加，覆盖了有用和无用之物
覆盖得找不到自己的身体
它们用裸雪的美学给壬寅春天，来了一次
骨头里的冷，铁链上的寒，以及人心
向下的一根刺……可事实上，通往星辰大海的
路上，一个人到一群人
风花到赞颂，动物园到与虎谋皮
一切的非与反非，钥匙与文字的哑巴
把无数真的试验品退化成伪，无数善的面具
退化成刀子。一切自命名的皮囊
与皮肉，是经验与反经验媾和的杂交
正如我第一天看着雪花落下来，压住了夜空
第二天看见雪花像仿真的洒金身体
堆满舞台；第三天，有人用脚
玷污了
她

（原载《延河》2022 年 6 月下半月刊）

## 落在我身后很远的那个秋天

孟醒石

玉米秸秆全部倒下去的时候
终于看到了对面的月亮

那是一个落在我身后很远的秋天
我们砍完玉米，沿着
露珠里闪着昆虫眼睛的草径走过
风在田垄里起伏
在草叶多的地方踩不出脚印
走路的声音
被一片下降的叶子盖住

停下来
在一个月亮大小的水涡里洗手
父亲站在我身后，站得那么静
水里只映出他上衣的一角
他等我先洗完

（原载《鹿泉文苑》2022 年春季号）

# 那晚的红月亮

——献给母亲

莫　言

那晚的一轮圆月
刚露出通红的脸
凄凉的秋风里
弥漫着苦涩的炊烟
我脚上生了一个毒疮
高烧不退，谵语胡言
她背我去求医
五里外，小河边
一双小脚，在泥路上蹒跚

我似乎听到爷爷奶奶
在低声交谈，嗨
这孩子大概不中用了
嗨，六岁的孩子不算个人
还有块柳木板
为他做个小棺吧
——爷爷是好木匠
盛名东北乡

我记着医生剖开那疮
脓血溅上她衣衫
我大声哭喊，我记着

她汗流满面

因为无钱打针

开了白色药片

我记着那被淘汰的药名

医生的大眼镜，我记着

掏出包钱的破手绢时

她的手在抖颤

我记着那晚的红月亮

我记着她的喘息与哭泣

我记着她脊背的汗湿与温暖

我记着秋虫鸣叫，河水呜咽

萤火虫在飞舞，我记着

她临终时的目光

那晚的月光真美

那晚的红月亮

（原载“莫言”微信公众号 2022 年 4 月 4 日）

## 谍

莫卧儿

就像那种鸟儿

一生只能御风飞行

如果不慎落地，等待它的是顷刻间死亡

他们只能永远在天空
演绎别人的际遇
灯影闪烁的面具舞会，黑暗巷道，
危险的汽车追逐
每一个惊心的人生节点
都有那些忽隐忽现的身影

也会有生命中不能承受之轻吧
比如遇见了爱情
仿佛身体瞬间被洞穿，八面漏风
于是冒着被飓风卷走
被雷电摧毁成灰烬的危险
把命运交由对方掌控

或许有个别走运的
等到了最后着陆
但他们会不会在平静的日子里
忍不住仰望海水般深邃的天空
会不会在一个晴朗的日子突然追逐着风
展开双翅，飞回到天上

（原载《草堂》2022 年第 2 期）

# 回家的路还很长

慕　白

注定会和所有的人分手
我不再嘲笑那个刻舟求剑的人
谁的一生不是打水的竹篮
时光的风一天天吹在我身上
也没留下点什么
就像我每天早上起来
喝下一杯水，再吃早餐
其实是徒劳，谁都无法长生不老
如水中月，我的房子
盖在空中，盖在自己的梦里
下雨了会出太阳
天晴了又会打雷，会刮风
一个人就是一座庙宇
和尚念经，屠夫杀猪
各走各的路，各修各的浮屠
树绿着，太阳还在黑夜里
回家的路还很长
我可再搭一些积木
我和许多人一样，深爱这世间
不缺推着石子上山的勇气
总有一些东西比生命
更重要，比如正义、爱和善念

会在何时把我喊醒

（原载《星星·诗歌原创》2022 年第 2 期）

## 一个人的风雪

牛庆国

也许是怕我孤独
风雪前呼后拥
除了街灯　没有人会在这里等我
这是一座叫作会宁的小城
我曾留在这里的脚印
早已不知去向
但我知道　穿过这场风雪
就会走到我出生的地方
只属于一个人的一场风雪
它收藏了我太多的过往
后来我听见风雪走到哪里
哪里就有我的脚步声

（原载《江河文学》2022 年第 3 期）

## 芦　花

那　勺

她是我见过说话最少的妈妈
无数次她来到曹洼
我无数次看见她
扒开深草——
一块石头裸露在天空下。

石头下面埋着她的儿子
死亡治好他病了的爱情
百草枯把他带到了
冰冷的石头下。

风呼呼地吹
见过的人说石头圆了
见过的人说石头在长，而她
并不作声，一个人在曹洼时自己说。

无所谓旧年与新年是烟花在半空中开放
是一个妈妈低着头从雪地里回来
世界又轻又白，全都是芦花。

（原载“送信的人走了”微信公众号 2022 年 2 月 10 日）

# 在落雨的春天的小镇

南蛮玉

一整天坐在阅读灯下
翻看一本古代文学史
入了春的雨似是没有休止的
雨的韵脚是整齐的
雨的针脚是缓慢的

隔壁人家的少女
翻来覆去唱那一首
池塘边的榕树
雨是榕树飘飘的气根吧
雨下得夜晚也有些冷了

我在为我心爱的人织一件
纯毛的线衫　那生长毛线的羊儿
一定是又白又温驯的
我阳台上的蕙兰
今夜或许会开第二朵了

（原载“诗与画”微信公众号 2022 年 2 月 27 日）

# 在黄果树瀑布想起伊蕾

娜　夜

纪念一个诗人最好的方式
读她的诗——

“白岩石一样
砸
下
来”

生前只见过一面
松软的沙发前　是壁炉和篝火
你的长裙拖着繁花　带来

安静　你递来的酒杯里晃动着一个大海
可能的日出——“我愿意”
而人间教堂的门
并未开启

与瀑布合影
突然的小鸟
填补了你的位置
年轻诗人模仿你
常用照片的眼神——我也曾模仿

“那尊白蜡的雕像”
是哪一尊？

无人的走廊
独身女人的卧室
——我继续读　而黄果树轰鸣

瀑布继续：超越一个优秀诗人
意味着超越一个时代

（原载《江南诗》2022 年第 4 期）

## 纸　人

娜　夜

我用纸叠出我们
一个老了另一个
也老了
什么都做不成了
当年我们消耗了多少隐秘的激情

我用热气哈出一个庭院
用汪汪唤出一条小狗
用葵花唤出青豆
用一枚茶叶

唤出一片茶园
我用喂唤出你
比门前的喜鹊更心满意足
——在那遥远的地方

什么都做不成了
我们抽烟喝茶散步时亲吻——
额头上的皱纹
皱纹里的精神

当上帝认出了我们
它就把纸人还原成纸片

这样的叙述并不令人心碎
——我们商量过的：我会第二次发育丰腴遇见你

（原载“无限事”微信公众号 2022 年 2 月 18 日）

## 次曲神湖

诺布朗杰

次曲收走了她唯一的儿子。母亲
哭了三天三夜
眼睛哭瞎了，也没能把儿子哭回来

盲母每天都去哭。久而久之
打动了次曲神湖
一次，盲母在次曲神湖边睡着了

突然做了一个梦。梦里
有人给了她一捆柴火
她顺手拿了一根，当拐杖

等她醒来，发现拿的那根木棍，是银质的
盲母心动，去次曲神湖边找
可惜再也没找到

（原载《飞天》2022 年第 5 期）

## 夏　天

庞　培

树林起风
天多么凉快
夏天正沿着小巷飘走
此刻正是上午
蝉鸣声有一点，但很远
很远的地方似乎有围墙挡着
围墙底下是小辰光
是我遥远的花园一般模糊的童年

童年已像被拆的老屋般蝉蜕净尽
徒留废墟上的闪亮门窗
一扇露出铰链的门窗
一条已流尽最后一滴水的河流
夏天只留下了聆听
县城只留下了徒劳而无望的弄堂
行人肩头只留下了风雨
我闻着树上有一点夏天被风吹走的
阴凉
平原起伏不定
无论如何，起风的树林多么像
一个人在风中飘扬的头发
人静静地站立
街道静静消逝

（原载《诗刊》2022 年 1 月上半月刊）

## 有与无

胖 荣

我品岩茶，爷爷打盹
一个产自武夷山
一个坐在屋檐下

我的手机产自华为

系统来自美国的安卓
我无法阻止互联网的恶意

爷爷的烟丝来自赤头坡
老黄牛的尾巴
轻易甩开叮咬的蚊虫

我拥有记事本，万年历
爷爷只有眼前的农事和善意
没有一种标签能要挟他

我们经常用品牌和功能
来为难自己，还接受夸奖
爷爷只将庸常的烟丝挤进烟筒

唉，越来越破败的人心
如何让目光恢复从容
爷爷吐出一串串烟圈
顺服于，它的升腾与消散

（原载“诗探索”微信公众号 2022 年 9 月 18 日）

## 风的味道

**盘妙彬**

阔绰的竹风走来，扫了屋顶，扫了庭院

我干净地坐在厅堂门口

竹风在竹梢上
把竹林还给一座海洋
竹林下泉水在岩石上叮叮当当
我确信是黄金正在走下梯子

虚怀、虚心、有节，这一切交给风
又和风一起恣意
再一起传递给了我

鸟儿借风飞上高空
一个少年在坡顶展开双臂，我的记忆起航
春天的南山
一阵风吹，你的发梢碰到我的耳，那年 18 岁
我闻到从你身体里送出的棉花的味道

（原载《诗刊》2022 年 8 月上半月刊）

## 坊间见闻录

裴福刚

我只相信一种教育，在坊间
在隐藏的秩序里

上帝的疏忽
蛰伏街角的残雪，屋脊返碱的瓦片
不见开花只见结果的接骨木

凝固的蜂蜜和毒药
一年四季光脚走路的傻子
在婆婆葬礼上哭晕的恶媳

分裂的顶点
深灰的中山装，蓝色钢笔
上午在书本上布道，下午在稻田里插秧

杀人无声的子弹
半夜里止不住的咳嗽
阳光明晃晃，照在坟头上的那束最锋利

更多望梅者
怀里要奶吃的孩子，路边出神的远眺
单身女人院里旁逸斜出的苦杏树

在坊间，我只相信一种教育
在烈焰与灰烬中活着，是一种本领

（原载“诗探索”微信公众号 2022 年 9 月 22 日）

## 现在说说我的写作理念或理想

潘洗尘

深夜老友明政发来语音
说读你的诗
感觉就像是你从自己的身上
抽出一条肋骨
磨成针再蘸着无名指的血
写出来的
这些诗
如果烧成灰
死去的人都会看到

其实老友只说对了一半
他说的不是我的诗
只是替我说出了
我的写作理念
或理想

（原载“LostStars”微信公众号 2022 年 1 月 5 日）

## 读　书

齐眉儿

下雨天，适合窝在被子里

## 读撒哈拉

他们以为我孤独
嘘，别敲门
我喜欢那片无边的淡黄
和它上面的坚韧生灵

听说撒哈拉是没有花朵的荒原
玻利维亚是去了不想回来的地方
我打算疫情过后
来一次远足
但现在不行

谁也不要敲门
敲了我也不在
我正身陷蓬勃的蒿草
细数一棵大树上的鸟鸣

外面下着雨
我身怀绝技
把手伸向无尽的天空
接住唐朝的一颗清泪
宋代的几片落花

（原载《淮风》2022 年第 1 期）

## 堆　叠

圻　子

我见到堆叠这个词
在我的桌面上，随着时间流逝
那一本本杂志、书，使用了它
为了使灵魂美妙，一首诗的
一行行，正在使用它
当秋天已深，落叶也会使用它
海平面，先是淡蓝，再是深蓝
最后是暗蓝。山顶上的雪
融化了一些，又添加了一些
是什么使之触目惊心，永久还是短暂？
只是不易觉察，堆和叠呀
我的思想，往往被庸常的见识占用

（原载《扬子江诗刊》2022 年第 1 期）

## 读山的人

羌人六

读山的人坐在弥散着腐烂气息的
月光里。云朵翻着身子
继续昏睡
想起一生都困在地里的父亲，

仿佛仍在这个春天操劳
继续深爱着我们
群山渐次隆起，
河流为岸边的垂柳梳洗着
节日的长发。
所有的星星都赶来了
又始终沉默于那片声音，那片
老气横秋的命运。
读山的人就坐在山顶，
表情肃穆。光阴似箭，
这些浓缩了千百万年
金戈铁马的形象，
在他身体的闹钟里游来游去：
肃穆，孤独，神秘，摇曳，祭奠，歌唱……
闪耀着——舍我其谁的光芒。

（原载“诗探索”微信公众号 2022 年 9 月 23 日）

## 野樱花

羌人六

三月，北川深腹，苍老的山岩上，野樱花开了
这些潦草的心事，怎么就开成了瀑布，
并且如此放肆，无拘无束？是大山的耐力，
河流的寂寞，绘出了这淡淡人间

凄美的歌者形象。

（原载“诗探索”微信公众号 2022 年 9 月 23 日）

## 早　市

秦　坤

一头牛倒在自己的血泊中
杀牛的人，剥开黄色的牛皮
像撕开一块完整的
热气腾腾的耕地

一群鸽子，囚于笼中
仍不忘扇动翅膀。那些飞翔的欲望
连同铁笼里的一小片天空
被人当街叫卖

一群兔子，背负比平时更多的惊悸
在水泥地面刨土，试着掘出一处
比人群更加安全的坟墓

这是清晨的早市
人们忙于为那些卑微而廉价的
恐慌，疼痛和鲜血讨价还价

全然忘了，早市上
我们都是一群怀揣刀斧的人
在不动声色的行走中，杀戮着
世上多出来的大地，青草和天空

（原载“李点儿”微信公众号 2022 年 3 月 18 日）

## 下午读宋词

琴　匣

跟着一段檀木的接引进入那个下午
那个秋日，阳光无可挑剔
皂角树低垂，花园空空
半朵海棠的开放，让词人死去活来

马儿走在五点钟的官道上
越走越瘦。汴梁在望

津桥之南，寄宿着三千子衿
青衣簌簌，炭火将尽
兄弟，兄弟，我这么叫着你不出声
我知道，你就在他们中间

燕乐阵阵，翻过宫闱和皇城传来
在箜篌的高音区，鹦鹉的眼睛红了

今夜，青铜一样的月光，照耀汴梁
这暮光之城，经年的流水和花朵
究竟是谁的家园
相国寺钟声寂灭，抚琴的手挂满雨水

（原载“诗与画”微信公众号 2022 年 4 月 17 日）

## 在崇武看海

荣 荣

这奔走的潮汐、缓慢的落日和
无边无垠的劲风。
这终将落入整个海湾的星辰。
这恣意泛滥的蔚蓝。

此刻，它们全是这个大海温暖的
充填物。如此辽阔的怀抱。

如果我上前，如果我想，
她一定也能抱抱我——
因渺小而起的惶恐和
沧桑外衣里的千疮百孔。

（原载《福建文学》2022 年第 3 期）

# 此　刻

孙方杰

低潮。大海如一个慵懒的小男孩
还没有从睡梦中醒来

如我，从一个灰霾凝重的城市过来
还没有恢复呼吸的畅快

毫无精神的样子，仿佛此刻的大海
满腹是水，却嘴唇干裂
含不起海滩上的一粒沙子

（原载《诗潮》2022 年第 6 期）

# 纯　净

孙殿英

滤除多少烟霾和喧嚣
才能看到远方
才能找到那条芳草的小路
沿途采集多少花香
才能酿成一颗喷香的露珠
积攒多少颗露珠
才能洗掉满身的尘土

映出久违的轻盈
走多少道路，拐多少弯儿
才能见到那所低矮的小学校
退回多少岁月
才能回到那个少年
回到风清天蓝的那个季节
是啊，还有一个地方
一直深藏心底
一打开，就会让我这个
已经变得坚硬的人开始柔软

（原载《鲁西诗人》2022 年第 1 期）

## 光与布匹

苏　末

光经过许多地方
也有疲惫的时候。它从一片
屋顶跳跃下来
身子变得像一棵树的
花瓣那样透明
它被草地上的露珠碰碎
又将自己拼凑起来。让自己完整
而均匀地洒在
一家福利院的院墙上

它看到一个小男孩
费力地抱着一摞布走出来
便起身跟上去。小男孩那么瘦小
光心疼地拥抱他，让自己的影子
长久地沉默着
光让小男孩晾出去的布匹
悲伤地滴着水

（原载“中国诗歌网”微信公众号 2022 年 5 月 3 日）

## 另一个自己

苏历铭

我活得卑微
心底隐藏众多悲喜
遇见任何一个人
首先想到的是使用敬语
让所有人拥有尊严
让自己彬彬有礼

我更多选择顺从于生命的无奈
只在夜深人静时
用清茶冲淡淤积的忧伤
我经常安慰自己：浩瀚的宇宙里
星球不过是一粒尘埃
最终都将烟消云散

难以替天行道
何须大动肝火

另一个我
从来都是目空一切
不食人间烟火，让我无法安心
做一个谦谦君子
我有多妥协，他就有多愤怒
我有多忍让，他就有多冒犯
寒江孤影，像是传说中的侠客
剑指所有不公平

有时我会迷惑
哪一个是真实的自己
需要不断辨识自己的身份
犹豫不决时，另一个我
就会露出不易察觉的轻蔑
然后一语不发
扬长而去

（原载《草堂》2022年第2期）

## 废弃的铁轨

宋心海

通向烟厂的，废弃铁路支线

多年都不通车了

那些穿过铁轨去上班的人
已经都老了
一个脚印都没有留下

土埋了半截的两根铁轨
有时会发出一点光亮
在夜晚，像要烧尽的两个烟头儿

（原载《作品》2022 年第 3 期）

## 妈　妈

宋晓杰

妈妈，总有一些汉字让我过敏
我羡慕别人喊“姥姥”
因为你六岁就没有了妈妈
我还羡慕别人喊“大姨”
因为你会绣花鞋的姐姐马上嫁人了
却死在去往 18 岁的路上

妈妈，我们越来越像
不仅是指贼眼皮儿、拇指的形状，洁癖
饭菜的咸淡，半袖衫喜欢圆领还是鸡心领

而且，我们喝一样的保健茶、蜂蜜
我们一起洗澡、做足疗
皮肤起疹子的时候，用同样的药膏
更要命的是，我每每从沈阳下班回来
总能准确地接到你问候的电话——
不是我刚在小区停好车
就是刚打开家门，还没来得及脱鞋
有一次，我乘坐的虎跃快客刚刚进城停靠
你的电话就来了："我猜你快到了。
原以为你开车上班，后来想起你坐车，哈哈。"
像个狡黠、调皮的孩子
那天，你拿出自己的一件绿花半袖绸衫
说现在我穿正好——
你把它雪藏了二十多年
才让我俩的中年，完美相逢

可是妈妈，你不知道
经过半个世纪，我们活成了同辈：
你是 80 岁的老人，我是 53 岁的老人
——终于，我们彼此成全
成为今生最亲爱的姐妹

（原载《鸭绿江》2022 年第 3 期）

# 给未出生的孩子的第一首诗

宋晓杰

不知道你是我的孙子，还是孙女
但我知道：借由你，我的孩儿
我将成功晋级为宋奶奶
人类生命科学中较高级的职称
与诗人的冠冕，等同
我小声说话，蹑足前行
欢天喜地，贪生怕死
对陌生的孩子微笑，揉揉他们的头
素不相识的孕妇，我也多看几眼
我停下来，让他们先走
——为未来让路，我退到幕后
如果需要，我再一个箭步冲到前头
我原谅自己：每天无所事事，专注地等待
那些“不可饶恕”的错误，一笔勾销
一笔勾销吧，牛年也不钻“牛角尖儿”

静候秋风飒飒，金黄的田野
晃得我眼花，天空蓝得像一场美梦
我肯定会大笑，也可能痛哭
缺氧，难免头重脚轻
这个秋天，只等这枚沉甸甸的果实压舱
早已准备好托举的双手——我是上等水手
古铜的臂膀，岸——哦，我就是岸

即使在湍急的洪流中
也要准备好：慈祥

（原载《鸭绿江》2022年第3期）

## 在山中

沈浩波

车上的五个人
都陷入了沉默
谁都不知道他会
将车开到哪里
什么时候停下
刚才我们
已经有过争论
三点的时候就有人说
我们可能走错了
但他淡定地说
放心吧，没错
四点时吵得更加激烈
但他的双手
坚定地握着方向盘
令我们的争吵
变得毫无意义
现在已经五点了

天色向晚
浓密的树荫
令盘旋的山路
变得更加昏暗
我们四个都已经知道
他开错了
我们也知道
他知道自己开错了
并且他肯定也知道
我们知道他开错了
没有人再说话
车上一片安静
汽车如同无人驾驶般
继续前行

（原载“口语诗”微信公众号 2022 年 1 月 17 日）

## 岁　月

沙　戈

那些抒情的诗句
已羞于书写
那些慨叹、感怀，睹物思人
让我变得麻木、僵硬

曾经激起我的，又将我打垮
我的脑海装进了太多混沌
高尚的，低浅的
清澈澄明的，污浊不堪的

远离自己
远离当初的透亮，无知
和理想主义
究竟哪个是我
哪个是这个世界交给我的最后果实

其实，始终迫使人闪躲的
只有一个词
我们将它称为——岁月

（原载《朔方》2022 年第 2 期）

## 蝴蝶在花丛中

邵纯生

我在阳台上注视它很久了——
当蝴蝶飞近一朵盛开的蔷薇
露出的并非是爱，是轻佻与骄狂
正如一个皇上临幸嫔妃的眼神
蝴蝶上下盘旋，扇动的翅膀

给花朵笼罩上一层暗影
带起的风撩动花蕊透明的薄裙
在蔚蓝的秋天酿造出局部的寒凉
我知道，蝴蝶设置的戏剧特效
迟早会诱发一场乱象
痴迷蝴蝶的人不可能看明白
蝴蝶在花丛间不为人知的一面
迷幻的衣衫下面藏着一颗怎样的心
一些有毒的词语拌和着唾液
像火焰从起泡的肺叶上喷出来
灼伤了一朵蔷薇的红唇
我诅咒这种以爱为名的伤害
替鲜花遭受阴损而难过——
这倾斜的风景直叫人坠落断崖

（原载《中国诗歌》2022“头条诗人”栏目）

## 运河公园

商　震

因为这条人工河
才修建了这座公园
我坐在长椅上看运河
看这条河的终点
也就是“水穷处”

今天无风
水面是一块舞台幕布
我和太阳都在水面上静穆
一些云从水面上飘过
太阳纹丝不动
我也纹丝不动

一只麻雀扑闪着翅膀
从水面飞过
翅膀上的每一根羽毛
都为了自由
只可惜羽毛要长在肉身上
麻雀飞不远
落到岸边的树上

我起身走到树下看麻雀
听麻雀叽叽喳喳
模仿人群的嘈杂
叽叽喳喳是生活的主体
静穆是偶尔的偷情

我坐过的长椅空了
太阳依然泡在运河里

（原载《诗潮》2022 年第 3 期）

# 看不见的城市

舒丹丹

山竹台风过后，风消雨停
我走出户外，想看看风暴后的天地
还好，世界没有想象中狼藉
除了落叶满地，几只垃圾桶被掀翻
大风只带走了一些根基尚浅
或没有定力的事物。窗前的木兰
依然枝叶葳蕤，鸟儿依然唤我早起
有更早的人，已在清扫道路
校门口的早餐店，挤满了开学的新面孔
檐下邻人们在闲聊：台风过境
路过广府，也会拐两个弯
择此福地建府立郡，先人确有智慧
我想起昨日的报纸：风雨的街头
女孩抱紧了她的猫；浪尖上的维多利亚港
一名萨克斯风乐手独自在风雨中演奏
当游人散尽，所幸，他身边还有
最后一位听众。大自然原始的意志
固然难以抵抗，但风雨中
有些什么应该更为坚固？我想起
卡尔维诺所说，“看不见的城市”——
早安！我的城。你在，我也在

（原载《诗刊》2022 年 5 月上半月刊）

# 最好的安排

舒丹丹

七月，加州的李子已经熟透。
红得发紫的小蜜罐，藏在枝叶间。
哥哥搬来长梯，
我捧着篮子在树下接果子。
最高处的果实是摘不到的，
熟透了，就会从枝头掉下来，
被虫子和土壤吃掉。
伸出院墙外的那些，
是留给过路的小松鼠的。
夜里，它们会把没吃完的果核，
在石阶上顽皮地排成一溜儿。
而那些最红、汁水最饱满的果子呢，
那是鸟雀们的零食，
它们的眼神儿可真好！
每一颗啄一口，就呼啦啦飞走了。

剩下的那些——
才是上天分给我们的。

（原载“诗与画”微信公众号 2022 年 7 月 5 日）

# 每一个年轻的祖母

黍不语

走在路上我也是一个生动的人
我的头发茂盛像青草
像来自遥远，野外的处女地
胳膊有力地摆动。嘴角
含笑
一点点微微的倔强

昨夜的争吵像细雨
洒在屋顶
有什么在空中悄悄改变
当我流泪
你知道我还年轻
还在反对着什么

而和解是最后要发生的事
正如一条路走到底
它将在远方安息

多少次
我走在一条无人的小路上
看见永恒的落日正挥洒它最后的光芒
在世间

将一位年轻的祖母轻轻锻造

（原载“磨铁读诗会”微信公众号 2022 年 5 月 8 日）

## 鸡打鸣

田 禾

在乡下，有鸡打鸣
那才叫日子
老祖宗留下的一块
穷乡僻壤。有鸡打鸣的
地方，才是村庄

一群鸡在院子里扑腾
在稻场上追逐
一只母鸡蹲在鸡窝里下蛋
另一只引着一群鸡娃
在草堆下觅食
啄食井沿上的青苔
公鸡在豆荚架上跳上跳下
有时跳到棺材盖上
抖着身上漂亮的羽毛
伸长脖子高声地打鸣

最初，乡村的歌谣

就启蒙于这古老的鸡鸣

一只公鸡，粗喉咙，大嗓门

叫醒了我憨实的父亲

每天，鸡打鸣他就起床

天亮了，他便走出

这鸡窝一样的家

去麻雁口工地挖渠

或藏进农事深处

白色的马铃薯花沾满衣襟

（原载《广西文学》2022 年第 7 期）

## 在巴松措

田凌云

到达巴松措的岛上

小溪在树木间流淌

汹涌的，仿佛理应汹涌

经幡装饰着苍老的树

人们围着经幡塔

顺时针转圈

三圈即抵达了诉求

从极冷里取回了极暖

脸上挂着满足的微笑，细看去

只是一朵朵微笑

暴雪、冰雹、湖边藏民的火堆
万物仿佛定格了
大雾包裹着群山
如死寂之美狠狠包裹着我

一切结束了，回程路上
眼睛里又要落满飞雪
直到下一个春天才能被重新擦亮

（原载《诗刊》2022 年 4 月下半月刊）

## 敬 畏

**邰 筐**

在阴山下，一匹高大的骆驼
突然对着虚空弯腰跪了下来
它四腿完全着地，匍匐在那里
这是骆驼迎接主人的一种固有方式
它样子是那么的温顺
仿佛在等待谁随时跨上去

骆驼慢慢起身
甩开蹄子渐渐走远

只剩下一阵过山风鼓荡而来
这一场景，让我再一次相信了
那些眼睛看不见的事物
譬如这一刻，我坚信
骆驼驮走的是一个英雄的灵魂

（原载《诗刊》2022年9月上半月刊）

## 月光落在雪身上

唐　月

月光落在雪身上
哪一个先融化呢

哪一个融化了，都是月光
哪一个不化，都是雪

月光，落在月光上
雪，落在雪上

爱的模样终究是
在最黑的夜里，我们白得
一模一样

（原载《安徽文学》2022年第9期）

# 离开我，成为你

谈　骁

孩子们在花园里追逐，
女儿也在其中——
一下楼，她就挣脱了我的手。
我乐见她成为随时可以离开我的人。
我乐见她以有限的经验行事：
奔跑时眼中只有前面的伙伴，
听到谁说“藏猫猫吧”，
立即捂上自己的眼睛。
我乐见她叽里咕噜地与伙伴交流，
如果对方走开了，
她仍把一句话说完，
说给自己听。
我们在一旁，聊着平衡车的使用年龄、
青菜的做法和学区房的涨幅。
女儿突然回到我身边：她刚刚摔了一跤，
要我对着伤处吹几口气。
是我让她相信疼痛像一层灰尘，
一阵风就吹走了。
这虚无的安慰会陪着她，
直到伤口越来越醒目，再无什么可以缓解，
她还在自己向伤口吹气，
气流微弱，和她童年时感受到的一样，
提醒她人力的尽头是虚无，

虚无的尽头是承受。

（原载《草堂》2022 年第 4 期）

## 白雪记

谈雅丽

肇事车逃逸，他成了植物人
母亲以泪洗面，在医院守候照料
一个月后，医生宣布他再无法苏醒
母亲租了一台手拖车接他回家

家里最好的床给他平躺
母亲每天为他翻身，擦洗
把食物打成浆，用吸管流进他的胃里
母亲从农妇变成训练有素的护士

严冬的雾霾笼罩了他的生命
他用七年做了一场梦——
大海翻滚、草原荒凉、街道延伸
幸好有母亲陪伴身边

阳光灿烂的日子，母亲把他推到院子里
轻轻拍他的手和脸
“儿啊，你要快点醒来

娘怕以后不够精力照顾你！”

亲戚们疏远这对无药可医的母子
只有众神聆听到母亲的祈祷
一个神奇的下午，他睁开眼睛
惊奇看见，母亲弯腰看着他
——头顶一座皑皑雪峰

（原载《星星·诗歌原创》2022年第8期）

## 采药人

谭智文

外公打电话给我，回来过年时
帮他打一壶酒，家里的草药瓶子
早该换了

想起小时候，春天一到
外公就进山采药
晒好、切好、包好
锁在木柜里，等村里人来取
钱，给点就行
始终对药名守口如瓶，这些年
他陪着他的山林慢慢老去
一起忍受着疾病、风雪

现在，这个沉默寡言的老人已进不了山
坐在火炉边，把包袱里的药引
指认给我看，颤巍巍地
像说着遗言

我在心里一次次地默念：
山扁豆、无患子、白芷……
这样多念几次，印象就会加深

他说我是这个家里唯一有耐心的人

（原载《星星·诗歌原创》2022 年第 9 期）

## 小　年

王　妃

她在小阳台上剁鸡
一小块骨头蹦起来划伤了左手背

家人在沉睡，整座城市还在沉睡
她在沉睡的世界一隅剁鸡

生活需要仪式感。要煲出一锅鲜美的
鸡汤，她顾不上对着伤口喊疼

接下来，她还要奔赴菜市场
买新鲜的鳜鱼、豆腐、芫荽和油冬青

她素面朝天，是买菜路上脚步匆匆
容颜迟暮的女人中的一个

途中她也有过短暂的停留
瓦片上的青苔正顶着可爱的孢子

（原载《诗歌月刊》2022 年第 3 期）

## 起雾了

王 妃

清晨的新安江像婴儿初生
睫毛覆盖的眼神朦朦胧胧

“好美啊！像天堂一样”
女孩与男孩手挽手站在文峰桥上
他们迷恋雾气腾腾的江面
还意识不到自身的美

天堂真的如此美好吗？
我盯着江面，久久的……

恍惚中父亲正在对我微笑
女孩和男孩不见了

我也成了雾气的一部分

（原载《延河》2022年9月下半月刊）

## 七　夕

王　晖

那一晚
我把花坛里的小石子
码放到月光下
让它们排列成天空的星座
我的这些小石子
多像一群下凡的小星星

一群沾着泥土的小星星
占据了夜晚的寂静
此时，大地就是天空
它胜过以往所有的天空

我的天空很小
我的地盘也很小、很温柔
它们熟知我的羞怯

用小小的羞怯将我牢牢守护着

我的沾着泥土的小星星
不愿做天上的钻石
它们在凡间的另一种寂静里
给我带回遥远的星光

不知为什么
传说中的良宵
我忘记了头顶的天空和星辰
只有泥地上的小星星
缓缓地在大地上旋转

（原载《人民文学》2022 年第 1 期）

## 他　乡

王　晖

我还不知道周围任何一座小山的名字
它们手拉着手
把我团团围住
像在保护一个没有依靠的人

这一群小矮山常常躲在云雾后面
跟我捉迷藏

在还不够爱它们的时候
我从不跟它们游戏

这一群小山
用葱茏的呼吸制造了云朵
这里的云开了一扇扇蓝天的小窗户
让一个背井离乡之人
拥有了如此辽阔的屋顶

当我听见一个母亲怀抱的幼童
指着树上的叶子喃喃自语
花、花
我愿意跟在这幻境之后
把每一片绿叶都认成花朵

（原载《人民文学》2022年第1期）

## 霜　降

王小玲

前行一步，就是立冬。
枝上花瓣走失，树上挂满金子。
枫叶止不住霜白。
坐看深秋的人，越看越凉。
一阵秋风，一阵落叶，一阵人间。

遇着，爱了，散了。
这一世，谁是谁的永远？

只有桂花闲闲地落，
那些小小的含香的疼，暗合我此刻的心事。
我的生命，低过落在地上的花瓣。
这最后的轻，这终其一生的姿态。
我打开了身上的最后一个结，
散开发辫，任长发飞。

“爱不可重建但美的所求凝聚
结为秋山之巅五彩斑斓的火焰。”

面对这火焰，我的心，一寸一寸地暖。

那些火焰，终将褪去。
我愿坐在五彩斑斓的火焰里深情地白。

（原载“文狐网”2022 年 3 月 19 日）

# 幸　福

王子俊

整整一天，我们在云南开割油菜。那些闪亮的
油菜籽，足够铺满麂子岗。

阳光多么好，山冈驮住宁静，我细心地找着。
金黄的油菜籽，小冰雹般
啪啪地在荚里打响。突然间，所有人
不再心慌毛躁……有那么一瞬，我几乎可以确定
美好的事物，
就保持在麂子岗，这巨大的仓廪。

看远点，火车企图从半山腰钻出。不错的
鱼在山脚下河流等待渔网。
藏在半空的苍鹭一声不吭。
如果……我说：哪怕只剩半口气，
我也绝不拖泥带水，立马会把这老天赐予的糖，含进嘴里。

写：这麂子岗上巧克力般的事物
这随口说的昼夜不歇，
这乌托邦仓促的迷魂药，
像我一生抡起的连枷，正发出新鲜的当啷声。

（原载“中国诗歌网”2022年1月19日）

## 俺们那里无悲伤

王少勇

朋友问我你们那里
悲伤怎么说

俺们那里
被人误解了两口子闹矛盾了
就说心里不是味
老婆跟人跑了家里被偷了
亲人得癌症了
就说难受得不行
而在葬礼上哭得最狠的
俺们说他疼得最厉害

想了想
其实俺们那里没有悲伤

（原载“一见之地”微信公众号 2022 年 7 月 14 日）

## 登梁王山顶峰

王单单

还有一米，就能登上山顶
朋友们撺掇我，站上去——
站上去就能看到滇池、抚仙湖、阳宗海
就能看见脚下密密麻麻的昆明城
以及大地上，一个个
疲于奔命的身影，站上去
就能拍出一张威武的照片，像

之前来过的所有征服者
但我没有上去，朋友们
能站在地上已是上苍的抬举
最高那个地方，我要空出来
让给神灵，他时常坐在那儿
看着我们的人间，饱含热泪

（原载《诗刊》2022 年 8 月上半月刊）

## 这情景再不会有了

吴玉垒

总是突然地，就想起老去的父母
在乡下，有时
他们会不约而同地望天
不约而同地念叨：这天
也该下点雨了吧——其实
他们早已经无地可种——或者
咦，今天的星星好像多了呢
——我知道，那多半是
有飞机飞过

——这情景再也不会有了

更多的时候，我不敢想象

老去的父母
在傍晚的小河边，陌生人似的
看着流水。一年，一年，一年
又一年，直到黑夜降临
什么也看不见，直到河里的流水
一去，再不复返

（原载“无限事”微信公众号 2022 年 4 月 6 日）

## 救　赎

武兆强

我过分过，偏激过
只为一些鸡毛蒜皮，比如小时候
为了一只蟋蟀的逃脱
我就把小胖虎推了个仰巴脚
很多年以后我才转过磨
难道不恰恰是那机敏的一跳
那只一直陪我弹琴复长啸的小家伙
才赢得了它命中最想享用的
自由？不管跃入了哪片草丛
它的歌声也是不灭的，年年唱给泥土、青草
和故乡。现在我老了
意识好像躲进了一个蜗壳，遇事
很容易就滑向：妥协

顺从了世俗和命运的安排，至于
那青一块紫一块的偏激与过分
不过是我穿坏的两只鞋，扔在风尘滚滚
自我救赎的来路上

——不，谈不上什么救赎，仅仅是
时光挪动了几毫米

（原载《山东文学》2022 年第 9 期）

## 早　春

小　西

你所质问的
并不总是有回答
远远看去
山上开的可能是早樱
也可能是紫叶李
仅凭颜色的判断
容易对一只飞鸟产生误会

众多衣角保持着沉默
被大风掀起的也许是伤疤
也许是海水难以淹没的情绪
礁石站在浪尖上

等着人们再次抛出鱼钩

有鱼不断地浮出
有鱼迅速地沉潜
好比我们的写作，笔尖顺从了这些
就等于拒绝了那些

（原载《扬子江诗刊》2022 年第 2 期）

## 橙　子

小　西

橙子本身是个容器
汁液甜美，虽满却不溢
如果同样悬于危崖
它比一列火车从容
所以她讲了几种打开橙子的方法
我都没有在意
无非是让伤害看起来更体面
吃相更优雅一点
但这与橙子有何干？

我坐在那里翻看一本画册
迷上了画家乔治·莱斯利·亨特的几幅静物
有果实、盘子和花卉，但没有刀叉

并用了舒服的色彩来进行描述
不错，他给予了沉默的事物
最基本的一种尊重

（原载《扬子江诗刊》2022 年第 2 期）

## 傍晚时分

小　野

太阳走到三老汉梁的时候
我们会想到一个
轻松愉快的词：傍晚时分

在地里劳作的人
解开套在牛身上的枷担子
开始收拾农具

女人拿起事先准备好的背篼
赶紧去薅两把猪草
男人把牛牵到水草肥美处
让它悠闲地吃草饮水
自己则找个高一点的地方坐下来
点上一支烟

一边看落日熔金

一边看自己的女人

（原载《北京文学》2022 年第 9 期）

## 立 春

小点子

推窗而见的湖，是用油彩画的

在高楼与高楼之间
我注视一个牵着气球的老人
气球很红很大
就像落日，让风软了下来

春雪崩于枝头，惊扰了飞鸟
扑翅的声音很好听
飞翔的弧线让我陷入了幻想

我没有偏离生活的方向
可我羞愧于我的贫乏：
中年了，还不能拿出
一束像样的光芒，去照亮谁。

（原载《德州晚报》2022 年第十届全国女子诗会特辑）

## 今天，就像平常的每一天一样

小雪人

莫兰迪，穿过博洛尼亚小镇的午后
教堂的钟，刚好摆过两点。

整个上午，他在画布上涂几只瓶子
有时装满彩色涂料
有时是空的

——几乎是他一生的主角
他在瓷质的瓶口，画过花开的静止

比昨天，他又删减了……
阳光穿过画室的窗口，灰画布上投下顷刻间的影子
——有时是木头，有时是雪

（原载“中国作家网”2022年2月11日）

## 古风：悼念胡续冬

西　川

化了妆的新冠病毒还在附近徘徊。
塔利班顶着世界的不看好开进喀布尔。
消息传来：没胡子的胡子去了！

我阳台上铁瓮中的荷花秆顶起小骨朵。

关于诗歌与非诗歌的辨认，
关于魏晋、鲁迅、福柯古希腊的讨论，
他的荤笑话，他的抢在人前的咯咯笑，
在小风中时断时续。

他带走了他的影子和一些他人的影子。
古离别落实在妻子、女儿及众猫咪身上。
生命的秘密揭开，其中不乏严肃。
所有的秘密都包含疼痛。

（原载《北京文学》2022 年第 9 期）

## 你

西　娃

你雕像一样站着
在长满柠檬树的院落里
那时天空湛蓝
金黄夕阳和鹅黄柠檬果的反光
落在你干净的微笑上
你精心修剪过的胡须
高昂下巴及它的沟壑
在你波斯人与克什米尔人混合的血统上

组合出一股迷人的气息

你神情那么安然，仿佛悟透了
我无力祈望的秘密

一些名词：泰戈尔、隐士、瑜伽行者……
夕阳一样，落进你的气质
这被定格的一幕
陪着我的一日复一日
我做饭、擦灰、灭掉台灯
都不再灌入别的意义

是的，你是我的一张画
你不必从墙上走下来
你比现实中的任何人，更适合
陪伴我
让我没有任何奢望地老去

（原载《诗刊》2022 年 8 月上半月刊）

## 那么多樱花，都站立成醒来的忧伤

向天笑

不要听到一点风声，你就下雨
那些需要守护的心事都开成了满树的樱花

它们经不起风吹，更经不起雨打

你以为风停雨止，就会阳光明媚
那些花朵还会完好如初？
那满地的樱花瓣，多像悔怨的嘴唇

说不出的话啊，爬满甲虫，啃噬着樱花
凋谢的花朵还能回到树枝上吗
再多情的种子，也不会随便落地生根

那么短暂的花期，像一场春秋之梦
那么多樱花，都站立成醒来的忧伤
我愿意把一切都归还给你，就当我没来过一样

（原载《诗刊》2022 年 3 月下半月刊）

## 我不能把悲伤移开

辛　夷

我不能把悲伤驱赶到角落
它昨日还蹒跚学步
今日已亭亭玉立

我坐在一棵古榕的对面
秋天递来纷纷落叶

玻璃和母语已同时衰老

我不能把自己像货物一样
从郊外运至名利场，我拥有
尖锐的哭泣，足以令爱的天平失衡

我把一位父亲安排为不谙世事的儿子
他拨弄野草，斜阳在身后燃烧
晚风吹动满大街陌生事物

我不能把悲伤从生活移开
它在我手上长出了荆棘

（原载《天津诗人》2022 年春之卷）

## 病　人

辛泊平

下午的光阴，似乎比上午来得要轻
比上午更加虚无

梧桐的树影遮住了窗子，初夏的风
穿过树叶，但没有穿过我

肉体下沉，书页上的文字

犹如被遗落在田间的麦粒，兀自发芽

我多次走到窗前，想用眼睛
代替推理，用眼前的麻雀代替思想

我把一只误入走廊的蚂蚁放到草坪
看着它消失，却不知它究竟来自哪里

树影移动，我看到许多熟悉的背影
从窗前经过，慢慢变成旋转的表针

而我，依然呆呆地站在原地
想象那只蚂蚁，想象风吹过身体的声音

（原载《当代人》2022 年第 4 期）

## 蝴蝶标本

秀　水

是落在我胸口的那一只
是翅翼张开
落下再也没有飞走的那一只

是定格，尘封于一卷旧书
让我偶然翻开缤纷起舞的青春

如蝶粉迷了眼睛
老泪纵横的那一只

（原载《时代文学》2022 年第 1 期）

## 阿尔茨海默

秀 枝

阿尔茨海默，一个生疏的词
它似乎有着起伏的韵律，玄妙的光晕
掩盖了它深深的忧郁和感伤

“我把自己弄丢了”，有人这样描述
他总是遗忘，挣扎于记忆断裂的岩层
他陷入回忆之中，一片无边无际的大海
波涛载着他沉下去，又浮上来……

阿尔茨海默，它让我热泪盈眶
那位将自己的儿子视作陌生人的母亲
她手心里的温暖不知该如何安放
她终日不安，黑夜往往骤然降临
成群的蝙蝠扇动着翅膀涌向她
或者天色突然大亮，白花花的阳光令她措手不及

那些被阿尔茨海默命名的人

已经游离了现实，在火热的生活之外
他们胆怯，迟疑，焦虑，暴躁，或如初生的婴孩
眼神纯净，面容安详

而阿尔茨海默，不应该令人类绝望
愿它能够仁慈一些，带走人类的嚣张和分裂
愿它只令人遗忘，这尘世里的污浊、邪恶和仇恨……

（原载《作家》2022 年第 3 期）

## 雾气一样的摆渡船

须一瓜

从清醒到入睡
需要一艘摆渡船
一艘灰色的、雾气一样的摆渡船
有时候　我一脚就上去了
有时候　我上去也会掉下来
从雾气中掉下来
有时候　我一直在岸的这边等
一直等　一直焦急
但一直等到天亮
它都没有来
那艘雾气一样的摆渡船
我知道它超载了

可是，我什么行李也没有啊

（原载《扬子江诗刊》2022 年第 4 期）

## 我走之后

徐　晓

我走之后，一切如新
不会留下丝毫痕迹
仿佛我从未来过
这让我感觉轻松，又有些许遗憾

我走之后，没有读完的书
再也不用翻开了
没有想通的问题，就此搁置着
来不及相见的人
但愿能在梦里偶遇

我走之后，花园桥依旧人潮汹涌
草丛中的喜鹊，依旧为大家
带来好消息。我的朋友们
不再因一个面带惊惶的人
而远远地挥动手臂

（原载“一见之地”微信公众号 2022 年 6 月 22 日）

# 她和他

徐　晓

她坐在落地窗前读卡佛的诗
爬山虎顺着墙头探过碧绿的枝叶
一小块阴影落在她的手背上
卡佛写给他第二任妻子苔丝的诗句
击中了她——
伟大的诗人从不吝惜说爱
她有些隐隐地羡慕那个女人

隔壁房间里传来低沉的民谣声
她知道他的心情不错
一整个下午，他们分别
沉浸在各自的世界里
桌子上那杯温热的普洱茶
是他泡好送过来的
楼下那条缓缓踱步的黄狗
是他养大的
腿上摊开的这本《我们所有人》
是他最近翻阅过并做了标记的

今天她所有的喜悦
都来自他
还有一点点伤感

来自她自己

（原载“诗与画”微信公众号 2022 年 2 月 7 日）

## 幼儿园

徐　源

透过办公室窗子，我看见
天使在幼儿园飞来飞去
翅膀透明，涂抹阳光
他们的脸蛋是盛开的向日葵
有梦和善良的巫师。
一只塑胶梅花鹿舞蹈
它的森林，在雪白的墙上
打开的木门
里面漏出棉花糖和星星。
滑滑车旁的天鹅，驮着调皮的清晨
在天空游走，微风还在操场上寻找
躲在影子身后的音乐
一只蝈蝈的鸣叫，被时间
放在了旗杆脚。
草地啊绿色的公主，裙裾上
游戏开花，游戏是草莓
闪着诱人的光。
透过办公室窗子，这群鸟

红色　白色　蓝色　紫色
我看到内心隐藏的绚丽与温暖
我看到，世界——
天真、单纯，还没在放学的铃声中
变得慌乱

（原载《山花》2022 年第 2 期）

## 夏　至

徐玉娟

白日漫长
足够我借时间之光
认识一只白鹭
当它沿着清溪河，一步一步
向东行走。它是对的
一只鸟暂时收拢了翅膀
放弃了天空
来到水边，一定另有深意
当我从嘈杂的人群中
抽身而出
看到白鹭洁白的身影
缓缓地与流水同行，我似乎嗅到了一缕荷香
一只白鹭落在水面已然是一朵青莲
黑夜短暂

但足以让我从容做自己的梦
水花疯长，唯有常涨常消
才有资格做白鹭的故乡
我也一样，我把一片湛蓝的天空
当成了心空
我的爱像白鹭凌空
足够我飞翔一生

（原载《飞天》2022年第1期）

## 哑蝉：致伤痕

徐俊国

长时间对称于
波光潋滟的生活，
我忽然理解，斑竹把伤痕
歪向不为人知的那一边，
并非自虐，而是不屑。

被伤害、被要求的时刻，
声音发颤的时刻，
我特别理解，一只哑蝉的痛苦。
如果它有类似于人的膝盖，
也会瑟瑟发抖。

这些年，塑造我和我的写作观的，
不是刻满《弟子规》的戒尺，
而是成为戒尺之前的瘦竹——
它承接雨露，
伤痕随着竹节的生长
暗暗拔高。

（原载《江南诗》2022 年第 3 期）

## 告　别

夏　午

那是 1999 年的夏天。
洪水刚从小镇上退出去不久。她骑着
一辆借来的自行车，披着朝阳，
沿着坑坑洼洼的石子路
往家里赶。

一会儿上坡，一会儿下坡。
人生的巅峰与谷底，有时会同时显现。
而那时候她还太年轻，并未发现这一点。
也不懂得：
越往后的人生，越少意外。

那一天，风和日丽。

成群的灰喜鹊一如既往，
聚集在村口的白桦树上，快活地跳着
细碎的舞步。
马路上尘土飞扬，没有任何迹象显示
祖父刚刚离开人世。

（原载《诗刊》2022年1月上半月刊）

## 贮冬粮的小妇人

谢　虹

我必须换副面孔，先于风雪
把树干里藏匿的泉水引出来
扎紧篱笆，用软心肠唤醒红豆、绿豆、小芸豆
在小戏台上作法，把散落在大地上的
大葱、萝卜、白菜领回家

现在我可以坐拥书城
袖底生风，从北方踱到南方
用甜糯的小嗓道一声：
看！云敛晴空，冰轮乍涌，好一派清秋光景！

此时，我身体里的万物开始填词作赋
百草千蔬额头有风月，脸上有桃花
它们顺着屋檐爬进我的厨房

这该死的快乐多么突然啊，
我尘世的心，漾起了满足的泪水

（原载《大河诗歌》2022 年第 1 期）

## 花　语

谢宜兴

花本身就是一种语言，都说
黑色曼陀罗是绝望而孤独的爱
白日菊意味着永失所爱
栀子花代表守候不放弃
双瓣翠菊说我与你共享悲哀
其实，花什么也没有说
当它被放在城市地铁五号线出站口
它还能说什么呢
沉默是另一场没有出口的洪水
当黄色的围挡被移开
那涌入地铁的水终于从献花人
眼里，瞬间漫了出来

（原载《福建文学》2022 年第 7 期）

# 老　屋

熊　芳

有了新的，旧的就不在视线里了
老屋已经卖了
不卖也不会去看了
曾以为它的分量无可比拟
那些房梁木板、钢筋水泥
都是父母的盛年和我的年少不羁
搬了新家才知道
它已开始苍老
也去看过几回，觉得自己
从来没有如此这般地正视过它
门缝间透出的细风惊颤着我
凝望中，泪光里的忧伤
竟让我无言以对，那种
作为身外人的视角让我羞愧

（原载“新诗选刊”微信公众号 2022 年 3 月 14 日）

# 选　择

熊　芳

二十刚出头的样子
娇嫩得，如她面前

一摊还带着露水的鲜果蔬菜
我选了几个红得耀眼的西红柿
递给她称重
她的动作娴熟
腰间还绑着一个几个月的孩子
我付过钱，慢慢走远
回头时，见她已解开衬衣
在给孩子喂奶
乳汁有多甜，生活就有多苦
但就是那口甜，支撑着
生活所有的心甘情愿
本可以花枝招展恣意绽放的年华
她选择了菜市场的杂乱和喧嚣
为了怀抱里花朵中的花苞
她甘愿选择枯萎

（原载“新诗选刊”微信公众号 2022 年 3 月 14 日）

## 从医院出来

熊　焱

从医院出来，我们往家走
细雨在下，几声鸟鸣
如盐粒溶化于水。命运的风暴从未平息
人世一直充满悲音。我牵起妻子的手

用了一把力。她在人群中假装很平静
除了我，没人知道她刚刚失去了父亲

（原载《诗刊》2022 年 8 月上半月刊）

## 土　豆

薛　菲

我们跟在母亲后面
切好，撒了草灰的土豆
依目测的距离放进土里
也是四月天
泥土散发潮湿的味道
总是这样让土豆睡一觉
再将梦的触须伸出来
讲一个翠绿的故事

我跟在母亲身后
捡拾一窝一窝土豆
秋风吹拂田野
草色斑驳，只有土豆洁白
土地是母亲的稿纸
土豆是回馈
作为一名泥与土的作家

我的母亲什么也不晓得

（原载《民族文汇》2022 年第 1 期）

## 前暖泉村

于成大

没见到温泉，却邂逅一群牛

它们大概有二三十头
三三两两于一片绸缎般的河滩上
埋首青草，偶尔抬一下头
然后继续吃草

几朵不知名的野花
压下了蒿草们的喧嚣
青苔，压下了石头们的躁动
天空高远，水流过村庄的样子
就是十七岁少女的样子

母牛伸出舌头舔着小牛
小牛也会钻到母牛肚子下，吃奶

有什么正在融化

九月，比我想象得柔软

（原载《星星·诗歌原创》2022 年第 3 期）

## 秋　分

于海棠

傍晚像一种恒久的失去
灰暗让一切捉摸不定
木槿花枝头的香气
消失得毫无防备

有时，我们的思考抵不上
一阵秋风的涤荡

日落时荻花
过早地奉献了自己
荆棘从最后的鸟鸣
安抚迟疑的心

我们害怕某些事物的消失
就像害怕一个人过早地离开

时间翻动了一个季节的
美丽，一个下午

停止了很久

你看到树丛中那

消失的到底是什么？

我们被时间遗忘又

被时间敲打

有一小片光明仍装着我们

澄澈干净的心。

（原载《诗刊》2022 年 2 月上半月刊）

## 沼泽地

天　天

所有的沉陷都在证明它的存在，

树倒在自身的痛苦里，

木桥不再生长，灰蒙蒙一片。

在那儿，有断墙、腐叶、枯死的鸟，

孤舟用无数个长夜擦亮周遭的一切。

这些年，我，究竟用无知替代了什么？

一潭死水早就忘了痛饮的人，

可，这么久了，究竟是谁千里迢迢赶来，

只为贴着你黝黑的过往再痛哭一回。

（原载《安徽文学》2022 年第 1 期）

## 纸上的村庄

尤克利

出走村庄的新鞋，回来时变成旧的
还好，谁也没有将谁抛弃
那些相濡以沫的好时光
梅子黄熟，牵牛开花，蝌蚪变青蛙
老屋被蛛丝牵挂
云游的人，赶脚的人，你们都去了哪？
老树抽新枝，树下抽陀螺的少年
已经顶门立户
送走了慈祥的祖父，送走了贫苦的父亲
渐渐变得浑浊的眼睛里
揉进世间百味的沙子，也望见惊喜
儿娶女嫁，含饴弄孙，转眼风烛残年
纸上的村庄，一片片纸钱在节日盘旋
单薄的纸人，是梦中的蝴蝶
眼中的世界，被春天浆染得扑朔迷离
随便指认一片花海
今生来世皆有据可依，随便指认一股脉象
都有正南正北的土地神庙和粮仓

熙熙攘攘的集市，来来往往的人
带走年糕、咸鱼，和远房亲戚的问候
籽粒在雨水中发芽
山果在秋天里熟落——此去经年
悄悄问你我，正在人间享福
还是空怀眷恋，已打马经过了人间

（原载《星火》2022 年第 1 期）

## 老照片

叶延滨

老照片老了
老得发黄了起皱了卷了边角
照片里那几片叶子
早从树上落下了
照片里那朵云
也早飘得无影无踪了
那条流进照片的江水
在夏日暴涨又在冬日干涸了

老照片没有老
守着那个叫青春的日子
方方正正像一页日历
守着那幻想堆成的年纪

守着黑板上白粉笔写的道理
守着叫浪漫的那串记忆
守着这一张张不会装假的脸
青春守着青春的约定

老了是站在照片外的我
四周风景忙着变换戏装

（原载《诗刊》2022年5月上半月刊）

## 对时间感到无能为力的人

叶燕兰

很多时候我都怀疑医院的钟表
那挂在白墙上的时间
和外面使用的，是一样的吗

为什么有时它的时针，不为所动
像头顶那瓶悬空的输液瓶
不为谁频频抬头，而心生恻隐

而有时又滴滴答答，秒针带着心跳
用力追赶着时针
像病床上紧张的痉挛，引发了疼痛的共振

在静得只剩下呼吸的下半夜
25 床的小男孩突发休克
被送进抢救室，我盯着天花板
感到体内的计时器，也在一阵哄乱中
耗尽了虚脱的能量

而当陕西的洪欣怡因药物不耐受
昏睡了一天一夜，终于睁开眼睛问
天怎么一下子亮了
我抱着女儿走到她身边，像凑近两个
珍贵而易碎的沙漏，以此校准内心
跨越山河大海产生的时差

（原载《延河》2022 年 7 月下半月刊）

## 赠友人

宇　轩

天空泛白之时，天要下雨。天要下雨之时，
白鹅高鸣。
窗外不知谁在说话：
“去哪里啊？”“上街买菜去。”
十一月。乌桕树的叶子红了。
日子像灰烬中残存的一点余温，教诲我们使用减法。
就像渔梁坝每年此时是枯水期。

老友啊，昨天我们冒雨前往河坝拾捡石头，
那些石头多数已无棱角。
也用小石子打水漂，那些泡沫和水花属于时间的一部分。

（原载“诗探索”微信公众号2022年9月20日）

## 秋风绕着脖颈走

宇　轩

落叶教诲我们要顺从。还不够，还要加上坦然与乐观。
田野教诲我们要淡泊。还不够，还要加上偏远与荒凉。
鹭鸟是清洁的。
它让我们心疼并审美。还不够，还要加上惭愧与觉醒。
世世代代，土地教诲我们要给予。
还不够，还要加上宽恕与接纳。

（原载“诗探索”微信公众号2022年9月20日）

## 坡下有棵树

闫秀娟

山地是个大斜坡
她跪着爬着把
去年的柴草圪节拔出来

拔出来堆成小堆堆

她粗硬的手指像农具一样
伸进土里
像把自己也伸进了土里

坡那么大那么斜
她要拄着耙子挪动身子

她朝半坡上去了
坡下的柴草堆堆
微微冒着蓝烟
像一种陪伴

她坐在那里
像落满灰土的树疙瘩
老皮粗硬枝节变形
像很多闪电
长在泥土里
长在一起
长成九十岁

坡那么高
老人成了一点点
坡下只有一棵树
树很茂密

像一直就这么绿

像是老人把自己
种在了那里
像有很多树抱在一起
抱着自己

（原载“黄土地上的歌谣”新浪微博 2022 年 3 月 14 日）

## 所有的春天

闫秀娟

她一边耙地
一边说儿子
她一遍一遍说儿子
说儿子在春天走的
春天就是她儿子
她怎么种也种不完春天

九十岁的老人
穿花红线衣的老人
靠住钉耙
把春天望了一遍又一遍
就像望着自己的儿子
她在风里的样子

皱纹和白发
九十年的尘土也压不住

她看见的看不见的春天
正一点一点
回到她的身体里

（原载《诗刊》2022 年 5 月上半月刊）

## 白鹭飞

**亚　楠**

而那个时节，碧空净
有如我此时此刻的心情。
当我在高处眺望，秋水与长天呼应
仿佛一面巨大的镜子
弹射出风云

我理解的盛世
所辉映的场景，一只白鹭
在天空飞翔
它寻找着记忆中那一道不曾
泯灭的光

就像季节寻找雨水

安静地
在大地上起伏。我已经
注意到水天一色的盛大场景
就在脚下起伏

波澜壮阔的大地，风云激荡
已显示出神迹。而恰恰就在那里
白鹭的翅膀汇入了
蓬勃的日出

（原载《诗林》2022 年第 2 期）

## 她　们

羽微微

好像并没预兆
一个愤怒的人
便从我的身体里往外
扑了出去。她冲着所有遇到的事物
撕咬，咆哮。我没有阻拦她
倘若一个人又累，又没有人爱
我也会这样。另一个悲伤的人
留在我的身体里。
但没有哭。她忍着眼泪。

月亮的光，多么温柔啊！
人间的事，她全都不管。

（原载《星星·诗歌原创》2022 年第 5 期）

## 寻人启事

阳　飏

邻街的一个孩子丢了
为什么大人说，被卖到榆中北山挖洋芋去了
为什么还有大人说，被卖到阿干镇煤窑背煤去了
闪烁其词的大人为什么
把孩子都关在屋里不让出门玩

一个放大了的黑白相片中模糊的孩子
在一面墙上孤零零的
房檐上的雨水顺着他的脸颊流下来

雨过天晴，我从窗玻璃看见
一个孩子穿着新衣服走在彩虹上

（原载《诗刊》2022 年 5 月上半月刊）

## 香　椿

余　真

布尔爬上木梯，一只手挎着篮子
掐下几把香椿。
我在房檐下做擂辣椒，灶洞冒着呛人的白烟。
坝子是去年修的，半个村子的男人
都来帮忙，女人都来搞伙食。
一条小路从坝子的边角走出去，从我的村子
走到镇上，走到城里。
树顶的香椿我们无可奈何。
烟雾和我们的心气一起升高。
我们对幸福的渴望也如此蔓延下去，不知福祸。

（原载《诗潮》2022 年第 9 期）

## 雨　水

余秀华

我们说起喝酒的事情。说酒里浸泡的事物
你准备的空杯子搁置在阳台

玫瑰养出了蜘蛛。它的半张网将网住昨天的露水
只有风是网不住的。风里有经过挑选的流言

我们说起喝酒的事情。说赤身裸体的女子从酒缸里出来
身体里发生了车祸

又一个人抬着灵柩走过空旷的大街
她喜欢过的人都在干杀富济贫的事儿

他们劫不走她的富贵，也救不了她的贫穷
我们说起喝酒的事情。说起下一次相见
如线的时间卷曲起来

像一个火球在雨水里滚动
那时候天气也凉了，大街上将看不见一个
穿低胸装的人

（原载“余秀华”微信公众号 2022 年 4 月 14 日）

## 照金的夜晚

余冰燕

推开窗，青山的影子在池中摇晃
云翳够多了
先生，黄昏浮动在你的肩头
现在我们去吃晚餐
桌上有鸡蛋、培根和蔬菜沙拉
嘎啦苹果脆甜。如果八月也能下一场雪

整座城市的灯光都将为我们一一熄灭

来到照金的第一个夜晚，石阶上的青苔
已经爬到了群山背面
沿着蜿蜒曲折的公路我们缓慢行走
萤火虫点亮了墨绿的草丛
你说，一株狗尾巴草就是一个无穷的宇宙
我们应当像植物一样简单而沉默地生活

下山的时候，晚风习习
你紧紧拉着我的手
虫鸣声飘在身后
头顶的月光流落下来
像一场声势浩大的雪。先生，爱你时
“我的灵魂没有一丝白发”[①]

（原载《诗歌月刊》2022 年第 2 期）

## 红色水鞋

余洁玉

六岁时，我有一双红色的水鞋
我穿着它踩过无数的小水坑
溅起多少水花，就有多少微光

① 引自马雅可夫斯基《穿裤子的云》。

映照着葡萄般的笑脸
我穿着它第一次走进学堂
戴眼镜的先生暗示我
坐在靠窗的位置上
到了秋天，一片黄叶飘飞进来
我把它夹进语文课本的第十页
有时，我也穿着它走过墓地
妈妈说里面住着我的先人
我脱下鞋子，一边抖落泥沙
一边看妈妈除去坟前的荒草
那时，红色水鞋是真的好看
像灰色的日子里，一道光从脚底下滑过

（原载《星星·诗歌原创》2022 年第 2 期）

## 灵河旁

应文浩

这是红草湖公园南园
黄昏尚未来到
我看着她扫
落在草坪上的梧桐叶

我看着她扫
不如说我听着她扫

我喜欢听她用大扫帚
掀起叶子上扬的声音
和眼前这个小世界尚存的沙沙声

草坪路牙石旁
叶子，已聚成火的图案
她放倒一只清洁桶
弯腰双手抓起叶子的瞬间
我又一次听到枯叶相互搂紧的声音

（原载《雨花》2022 年第 4 期）

## 月亮的薄影

**鱼小玄**

浮起来了吗？月亮的薄影子
它在你我，交织的梦网。瘦的梨树
水鸭、池潭、篱墙、茶田……

最近都是满月，我拾捡了
一篮词语。譬如鸟的词语，“啁啾”
“咕叽”，沾了些雾，湿浸山雨

月光是篾子，削得细细
善于编织的手艺老人，做活时

又削出几根琴弦。山风拨动了松林

松涛阵阵，浮起来的
这轮满月，是旧的，也是新的
我曾，用丝线缝过它，留了条条纹路

（原载《四川文学》2022年第2期）

## 芍药街

鱼小玄

青石板的街巷深处，是湿漉漉的江南。
那年她坐乌篷船来到此地，就再没返过娘家。
如今沿街遍是重瓣的芍药花，颜色晕染得粉中带霜。
其实爱上他的那一年，她将年岁掐指回算不过是十八。

十八岁的大姑娘，花匠家的小女儿。爹爹总说
种花这件事既容易也不简单，常言道有心栽花花不发，
那时候她听不进爹爹的话，只知倚窗看不够不只是自家的花。

唉，所以其实看不够阿哥穿深蓝布长衫最好看，
唉，所以其实看不够阿哥眉眼如群山那般清俊明朗。
唉，所以其实看不够阿哥是村中最懂花的年轻教书郎，
唉，所以其实看不够阿哥日日下学大约是绕路来途经她家。
唉，所以其实看不够阿哥那天故意落下了彩绘小笺一张，

唉，所以其实看不够阿哥所绘那枝粉色带露的芍药花。

遥远异乡的芍药街最俏的姑娘，如今是她的小孙女将年满十八。
她只知自己眼神越来越昏花，唯在梦中清晰所见只是故乡只是他。
那时懵懂一句话都不曾讲，年华匆匆终于覆满了那么厚那么重的霜。

这天她如常坐在街旁，一如几十年一样倚着芍药花儿晒太阳。
这天她心跳猛然大乱，一如十八岁一眼所见他时的欢喜慌张。
她发现芍药街络绎几十年往来的买花客忽然就消失不见了。
她发现芍药街深处迎面而来的居然只一位蓝布长衫的他。

（原载《深圳诗歌》2021—2022 上卷）

## 咏 怀

*炎 石*

且不说公交之拥挤，但说小巷之不宽敞
沿途楼宇旧如山阳县，可那银桦是他那没有的

另有许多树木，奈何心中只装得下一个
南京。游人如织，想起张岱文章，比丘比丘尼

也是常人颜色，山不高而石大。佛门里
又无春秋，有花自开，有叶自绿，还有的随风

落下。法堂庄严，而石刻如在人之肌骨
几个曲折，便能通幽，眼见得落日如橘，汗滴

洗尽疲惫。海风吹来远海之鱼，未取经
之前，猴子是猴子，猪是猪。及登上这南普陀

草木都是个圣人。那金光普照，那碧海
斑斓，如一块袈裟。尘缘未了，始终无法披上

待至天都暗了，潮水涨了，松风都寒了
众石都滚进海里去沐浴，你我却茫茫挤入人群

（原载“诗建设”微信公众号 2022 年 5 月 20 日）

## 如　果

於文漪

学校会哭吗
如果离开时忘记挥手
办公室会焦虑吗
如果屏幕在眼球里闪了很久
地铁站会插队吗
如果就快要错过末班车
美术馆会沉默吗
如果艺术家的灵魂不曾驻留

剧场会鼓掌吗
如果无人问津的表演必须继续
电影院会睡着吗
如果有天我们屏蔽电影
医院会默哀吗
如果痛苦的呻吟能够同时暂停
小酒馆会醉吗
如果今晚没有一个烂醉的人
家会咆哮吗
如果每个人都不懂每个人需要的爱
世界会忘记吗
如果我们也不留恋世界

（原载“磨铁读诗会”微信公众号 2022 年 6 月 24 日）

## 地铁站看书的女孩

杨于军

不是在海边沙滩上
不是在公园长椅上
不是在阳光的书房里
也不是在教室或图书馆
你围着毛毯
坐在基辅的地铁站台
人们静静地听着

远处的炮火
近处的警报
视频中穿梭的列车
廊柱，扶梯，壁画交错的人影
我只发现了你

好像除了看书
你不能做什么
在通往各个方向的铁轨前
你无处可去
这百米深的地下通道
是你唯一的安身之所

政府发放的步枪
你把它放在一边
一个面包和一支步枪
不知哪一个更重要
都无法与飞机、炮弹抗衡
——只有看书
只有让自己进入过去和未来
暂时忘记现在——
时间如一列地铁
一种不断离你而去的颤动

（原载《诗潮》2022年第8期）

## 沉默的石头何时醒来

杨建虎

贺兰山下，石头沉睡
石头遍布四野，犹如迷宫
我们一起摸索前行
在石头的梦境里寻找出路

行进于幽深峡谷
恍如为自己定制了时间
仿佛一场旅行，在夏天
石头的身上，积攒了太多的阳光

贺兰山上，石头与石头相拥
大风，伴着雷雨而来
气温骤降，石头与石头抱得更紧
唯有风雨，还在呼唤
沉默的石头何时醒来

（原载《延河》2022 年 9 月上半月刊）

## 春天最重要的事情

杨章池

这次来访很突然：

父亲多年的好友，音信
曾断 20 年
这次见面很艰难：
唐老师的轮椅已经生锈
一动就气喘吁吁
父亲被脑梗牵制，五年未出远门
坚持吃素，体重一天轻似一天。
这场相会很郑重：
两个看得到对方边界的老人用了心
父亲把头发梳了又梳
新西装新领带让唐老师发光。
他们带来了什么礼物不重要
吃了什么不重要
握手姿势对不对不重要
谈了什么不重要
说没说错也不重要——
20 世纪 60 年代的大学生
半世纪的教师生涯
他们吞下的粉笔灰，足以
置换出胃里所有的话语
最重要的是——
临别时，两个年过八旬的老人
突然紧紧拥抱，涕泪交加
春天美好，他们怎能
忍住这场痛哭

（原载《诗潮》2022 年第 4 期）

# 那女孩的星空

杨碧薇

整个夜晚，我们在萨热拉村的旷野中看星星：
报幕的是金星，
为它做烤馕的是木星；
很快，银河挥洒开晶钻腰带，
北斗七星舀着新挤的阿富汗牛奶；
猎户和双鱼躲起了猫猫，
天琴座拨响巴朗孜库木。
另一个半球的南十字星耳朵尖，也听得痒痒的，
只好在赤道那头呼唤知音。
十岁的阿拉说：“今晚我好开心。
等我长大了，能不能当个宇航员？”
——她瞳孔的荧屏上，一颗滑音般的流星
正穿过天空的琴弦。所有浑浊的事物
都在冷蓝的呼吸里沉淀。
后来，塔吉克人跳累了鹰舞，按亮小屋的彩灯。
魔幻世界倏然隐去，
而某种奇光，已在万星流萤时照进我们心底。

（原载《诗刊》2022年3月上半月刊）

# 我理解的命运

郁　葱

一直觉得，命运像是一个时钟，
我必须让它走得非常精准。
或者它是草，不张扬，
但必须长在应该长的地方。
草的价值是告诉你
春天里有生命，别的时候，也有。

爱甚于一切，还有良善
那是生命的本源，
像太阳底下的事物
不躲闪，欣欣向荣
尊重细节，尊重此时和往时。

喜欢快乐和痛苦，
也许不是喜欢，是能够承受。
不沉默，也不夸张
不沉默很难吗？

顺从欲望，重新想象身体，
也重新进入身体。
做一个青草味道的苦涩的人
用一个最刺目的词，去惊醒早晨。

有能力原谅，也能够宽容和修复，
能容纳，能为别人纠结、为自己伸展
总会在某一个时候捂住胸口
它疼痛，而疼痛，
是为了我们深入这个尖利而曼妙的世界。

有湖水和宝石的蔚蓝色
有花朵在岸上，鱼群在水中
有甜雨苦雪，秋凉夏暖，虫鸣莺歌
有泥土、水，绝少不了空气
有树叶、玫瑰，雾和海。

窗外的树枝在动
它周围不是风也不是空气，
很多时候觉得那是一面墙，
那面墙真厚啊
穿不透，什么也穿不透，
生命也穿不透，
生命之外的东西，也穿不透。

生命的沿岸是黄色的土，
有青草，那些青草是野草
它们今年枯了，明年又青。

我一直在说草，它寄托着

我理解中理想的命运与生命。

（原载《诗林》2022 年第 4 期）

## 声 音

悦 芳

其实，我的内心
装着山川、风物
和爱。偶尔，
也会把一些飞禽走兽
安置其间

我无法复述走过的树林
每一条岔路都指向迷茫
也不能把伤口剖开，让你听远去的
风声。我的耳朵里挤满了各种声音
麦芽破土的声音
树木开花的声音，火车的声音
墙角蜘蛛结网的声音
中年夫妻争吵的声音，更多的人
沉默的声音

那些走失的记忆，已无法将我
找回。我从树林走过

常常听见自己的咳嗽声
每一声咳嗽，都有树叶飘落
药片一样，嵌入时间的
裂痕之中

（原载《诗歌月刊》2022 年第 1 期）

## 关联与否的事物

幽　燕

下班路上，我经常与不同的陌生人
前后左右同行一小段路程
一起静默地走过邮电学校、医院、万达广场
看上去我与他们并无瓜葛
但似乎，我们又有着某种暗合的关联
事情往往是这样
磨剪子磨刀的声音在小区突兀地响起时
我会奇怪地想起童年的绿皮火车
缓慢地在大地上穿行
一朵花的开放
可能并不是因为季节和蜜蜂
而是想起了去年结出的果实
想去做还没有做过的事
并不是因为生命的紧促
而只是看见了一架钢琴

那生发出的高于生命本身的东西。
有时只想哭一哭
并不是因为具体的悲伤
而是因为有一个能把头放在那里的肩膀

（原载《深圳文学》2022 年第 2 期）

## 醒　来

烟　驿

你走时门开着，桃花开着
你没带钥匙，也没带行李
花轿、马车、男女童子都是油光纸扎的
你为别人扎了一辈子，最后我们也给你扎了一套

你走后再没回来
大雪夜我想你会不会冷，桃花开了
离墓地不远，还在水湾边上
你站在麦地中间往北望可以看见
大柳树还在，村庄已经搬迁

小时候最开心的事就是去姥姥家
四十里，一个人走过漫长的五龙河崖
每次去都怕天黑，怕下雨
梦里都是走着走着天就黑了

每一次做梦都茫然站在杏树下
像一个失去糖果的孩子
梦很沉，但是有你就不愿意醒

（原载“烟驿”微信公众号 2022 年 3 月 27 日）

## 梦游人

烟　驿

站台拥挤着焦虑的人群
喧闹的流行音乐，城市深处不断传来
撞击与断裂，嘶喊与叹息

上车人与下车人分隔在玻璃两侧
在不同时段分别
通过钟楼

我坐在人群之外
一个人看天空
树影屋檐兽头与烟囱

候车室有人演讲，我有些恍惚
不能融入又不能离开
仿佛世界是一面无法穿越的镜子

我走了它就碎了

（原载“烟驿”微信公众号 2022 年 3 月 27 日）

## 四月的第一天

殷　子

阴天
薄雾伏在灌木之上
等待修剪
这样的天气适合环抱取暖
适合喉咙松弛然后紧绷
适合喝茶
适合沉默寡言，将眼神递到一半
适合一两个笑话
适合苹果和两三本小书
适合抬头看见鸟群，像一群无着的音符
适合勃拉姆斯
适合一两页信纸
适合影影绰绰的远方
适合轻轻叹一口气
适合迟一些再去林间散步
适合低头撞见一头小鹿
适合昨夜的露珠从枝头坠入山谷

（原载“青岛西海岸文学”微信公众号 2022 年 2 月 19 日）

# 离别是我身体里的一根肋骨

——致玲玲老师

荫丽娟

所有的大雪都下在
分别之后。
我没来得及折叠好来路，你就
走远了
远到漂洋，又过海
远到雪片成了英文字母，与
30 年光阴混为一谈。

不要说你的白天是我的黑夜
地球终是圆的
还可以找到你，手机横渡
几段轻飘的问候
离别是我身体里的一根肋骨
你也一样，我们以鱼的形式投入
不相同的河流。

不为彼此感知的
就不要说出来了。
你看大雪一直在下，世上白得
空无一物……

（原载“晋兰亭”微信公众号 2022 年 3 月 12 日）

## 病中杂感

荫丽娟

今夜
我的身体是一架旧风琴面，对春天
丢失的手指
所有花开，已无调式。
发烧的一朵，请别在流年短小的衣襟上
咳嗽的一朵，暂且吐出
不愿人前启齿的一小块淤积。
春花在身后
成片倒下了
我的身体已抵挡不住春天
走漏的风声——
于是中年成了
一片长着好几个虫洞的叶子
除了光线、雨水、雷鸣……今夜
连整个世界都可以穿过去了。

（原载《草堂》2022 年第 6 期）

## 我喜欢

颜梅玖

在老家屋后，曾有一条

被树荫遮掩了一半的小河
河面有一半的明亮
还有一半的幽暗
我喜欢那明暗的晃动
我喜欢夏日里，那被树叶筛滤后
变得柔和的光线
喜欢阳光透过茂密的树叶
轻轻触碰到河面的那段时间
总之，我喜欢内敛的，温情的事物
准确地说，是喜欢那种寂静
就如老屋里的毛边书，磨损的绳子
陶制的坛子闪烁着朦胧的光，以及
跛脚的五斗橱
仿佛它们吸纳了周围的声音
它们将我深深吸引
在时间的调和中
它们越来越暗淡，陈旧
而我喜欢
我喜欢在这种光滑的寂静中
听见自己的呼吸

（原载“早上好读首诗”微信公众号 2022 年 1 月 12 日）

## 火车慢慢开走了

燕越柠

他藏在最后一节车厢里，不让他们看见
也不去看他们，沉浸在雨水里的悲伤
像童年的游戏，这次他们不会再找到他
不会听见鸣叫的汽笛，不会看见他看见的
漫无边际的野草和山坡
在山坡上捕捉过一只云雀的她也站在那
不再是十七岁的模样
他们都变得伛偻，浑身沾满洗不净的粉尘
争吵，又在告别前达成谅解
身后的墓碑挨得很近
现在，他只想在窗外随便寻找一只什么鸟儿
抓住，然后放开

（原载“早上好读首诗”微信公众号 2022 年 6 月 24 日）

## 麻　雀

曾　万

小麦从地里收割完后，我们会将它们
散放在门口的地板上晾晒，再搬进屋
太阳好的时候，奶奶常常在退堂前
驱赶麻雀，她一个人坐在屋檐下

像个瘫坐的凳子。别有性情的麻雀
在屋檐上蹦蹦跳跳，双眼紧盯着门前的
麦子，瞅准时机就下来偷吃几颗
奶奶喜欢和它们打交道，它们一接近
她就用“响把”一敲，吓得麻雀
连忙飞回原先的位置，像几个小孩
捉迷藏，三三两两的麻雀从房屋的左边
飞到房屋的右边，又飞到门前的梨树
落下细小的叫声，新鲜的事物在耳旁
徘徊。十几年里，奶奶逐渐老了
小麦也换了十几茬，门口的树上却还
挂着麻雀的叫声，麻雀记忆力好
它们记得奶奶年轻的样子，也记得
家门口摆满麦子的场景

（原载《诗刊》2022 年 8 月下半月刊）

## 经　过

曾丽萍

塔里木河从塔克拉玛干经过的时候
千千万万粒沙从祷告中抬起了头
这时，羊群就要转场
西伯利亚的风正在翻越西天山
天空蓝得有些虚无

一只鹰向着那高处的虚无拼命飞去
而河流两岸的胡杨一同站在尘世里
它们见证了一切，但从不泄露风声

西部的秋天黄了又黄，你经过我之后
我的发间，又多了一层霜

（原载《诗选刊》2022 年第 9 期）

## 杜甫变奏：秋兴八首之六

庄晓明

从一片落叶
诊着秋天的脉息
却听到某处角落
发出无言的悲泣

无数瑟瑟的背影
透着故人的忧郁
踏着某种节律
赶往秋天深处

我徒然地呼唤他们
有时，行列中的一位

转过身，望着我
我却石头般呆住了

万物的凋零中
我与秋天一并老去
所有事物的回声
汇入一个回声

（原载《雨花》2022 年第 7 期）

## 听舒伯特《未完成交响曲》

张　战

我以前不知有孤独
我独处，沉默
却总有大鸟鼓翼随形
远山积雪
无穷春路
穷人也能嗅到玫瑰幽香
我的心总是轰鸣

我独自歌唱
只为了唱
唱就幸福
我不戴面具

有时我也隐形
透明

但有一天
有一天
听舒伯特的《未完成交响曲》
在一枚红色海螺里
我的心如螺肉
从螺壳中被拽出
我是舒伯特《未完成交响曲》的一个拓片
音乐是水
我是水迹

我那时非找一个人共听

（原载《诗刊》2022年5月上半月刊）

## 这人世，适合一个人悲欢

张　喆

人到中年
对许多事物已经寡淡
删繁至简，是通往隐者的手腕。减去一些狐朋酒友
减去一些冗长报告，无油盐的聚会
减去一片大海的茫然与陌生

减去浮世的拍马，溜须，察言
减去对名人的仰望
减去刷屏的次数——
当然，目前我还没有减去你，假如
有一天我从你眼前消失了，请你原谅
那也是我自己减掉了自己——
这人世，适合一个人面临深渊
适合一个人，独自悲欢

（原载《星星·诗歌原创》2022 年第 1 期）

## 放　下

张　静

爱一条河，就走进她
放下性别、年龄、身份、金钱和职称
放下约定、誓言、爱情和诗
放下得失、不甘、幸与不幸、白日梦
放下歧途、悲喜、生前死后的那些事
放下愤怒、罪与罚、淤泥般的块垒
放下这些，才配得上走进她
最长的痛和最短的歌
我都唱过了
我要把最好的爱，留给一条河
感激她，为一个失败者的到来

准备了那么多美好的事物

（原载《江河文学》2022 年第 2 期）

## 活　法

张　静

亿万流水，各有各的活法
有的活成小溪，有的活成大海
有的活成深渊，有的活成一汪死水
有的活成胆汁，有的活成眼泪
这世上没有最好的活法
也没有最坏的活法
随波逐流是一种活法
急流勇退是另一种活法
亿万流水中，哪一滴是我自己
磨成泡沫的，桨声撕碎的
困在网箱的，浪尖上蹈舞的
鱼儿衔在嘴里的，死死抱住树根的
生者眼里的，逝者眼里的
都可能是我。那么多活法
都可能是我的活法。那么多奇迹
都可能是我的奇迹

（原载《江河文学》2022 年第 2 期）

# 描述一艘沉船

张　毅

某日，读一本有关航海的书
书中记载了一支船队消失的往事
作者关于“消失”的描写含混不清
读到 101 页时，文字突然涨潮
海水模糊了我的双眼。我看到一艘沉船
从海底升起，在与时光相反的航程里

我看到船舱堆满烟草、陶罐和丝绸
鱼形花瓶的碎片映着波斯人的眼
我看到那只失传的玉镯
出现在阿拉伯美人的手腕上

此刻，我的手恐惧不安。我的心
是一只铁锚，发出冷峻的声音
瞬间穿过了大海。我看到一支船队
正以落日的速度加快沉没

我将沉船的锈迹拭去，把锚和上升串在一起
中间的历史被白雪映照，时间是一串
失落的珍珠，被海盗搁在神的瓷盘上
没有一只手将它取回。一切极为相似
你躲过风暴，却遇上天火

我看到海水上升，波涛覆盖了大地
那个船长抛出的缆绳
至今没有着落，海的幽深是鱼的眼神
告诉我的。多年后，我仍能看清
那些水纹。清晰的水纹，刻在心灵的岩石上

（原载“中国诗歌网”2022 年 6 月 2 日）

## 海边的黄昏

张　毅

黄昏临近，一轮夕阳渐渐接近海面，
我在深入海水的礁石上，看到夕阳
没入海水的瞬间，大海那么安静。
岸上的房子那么安静。喧嚣的人群
那么安静。可是我为什么突然想哭。

我在沙滩走着，脚下发出沙沙的声音。
一群海鸟逆风飞来，那群海鸟
在海面变换着队形，仿佛移动的星座。
它们把叫声撒落在寂静的大海里。

那艘货轮在时光中等了许久，它卸下
去年的大雪，此刻正在启航。
螺旋桨搅动沉默的海水。我不清楚一艘

旧船需要穿过多少风暴，才能到达彼岸。

暮色已深，星辰陆续从海上升起。
那条被风暴摧毁的木船，
在沙滩上被海水反复冲击，
破旧的影子凝在深沉的暮色里。

（原载《青岛文学》2022 年第 5 期）

## 旧誓言

张二棍

我曾发誓，再也不会用
枯萎，去修饰玫瑰。用憔悴
来形容月亮。也不刻意去书写
小羊啜泣，病狗匍匐的情节
我还发过誓，不描摹流浪汉
佝偻的背影，不勾勒哑巴
干裂的唇角，不去一遍遍演绎
盲人浑浊的眼泪，孤儿清亮的鼻涕
——可是太迟了，我早已被
这一个个毫无关联，而又
凌乱不堪的情节，揉成
一堆，谶语重重的废纸
每一页，都密密麻麻

挤满了假面人、寄生虫、偷窥者……
——他们形形色色，借我而生
使我于慌不择路的书写中
度过他们，不堪言说的一天天……

（原载《长江文艺》2022 年第 4 期）

## 集　结

张二棍

所有的母亲，从一块块田地里
耕作归来，集结在我们的屋檐下
一个二十多岁的母亲，在烧柴熬饭
一个三十岁的母亲，抱着我哺乳
一个四十多岁的母亲，捶打着一捆豆荚
一个五十多岁的母亲，满头白发
推着一辆平车，上坡，喘气
一个六十多岁的母亲，静静躺在土炕上
生病，吃药，一次次挣扎着
想要坐起来。最后一个母亲
瘦得像一张纸片，昏迷在那儿
我们一声声喊着你，想一岁一岁
把你喊回来。可你却
一声不吭，一口口咽着气
仿佛，要用尽气力，把清贫

又多病的一生，吞咽回
单薄的身体里

（原载《长江文艺》2022 年第 4 期）

## 致黄昏

张巧慧

整个黄昏，我都在想你
夕光，惆怅，暮晚之爱，一个女人的犹豫

倦怠了绚烂，我已愈来愈偏爱
日夜交接时将暗未明的青灰

阳台上的摇椅是空的，远处的群山
已渐渐转为浓黛
青灰色，在天边愈来愈淡

有那么一瞬，我几乎难以自持
短信的冲动——

你看，世界从没有水深火热
只是一个人的作茧自缚

（原载《作家》2022 年第 1 期）

# 信

张进步

每当爬上一座高山，我就想写一封信
用在山顶看到的树冠的笔锋
写给谁呢？写给三亿年前的星星吧
其余的事物早已远去

我总是语焉不详，请你原谅
我总是把信分行，也请你原谅
在没有道路的时候，我不得不为自己
写出一条条分行的小路

我只能做一名抒情诗人了
我必须在那一封封信里向你坦白
可是说起来你大概不信
我拥有了一座环形山的孤独

（原载“诗探索”微信公众号 2022 年 9 月 24 日）

# 烙　印

张进步

我庆幸在我十三岁那年看到了满天繁星
此后我的一生都在描摹。

我庆幸那年的蝉声曾点亮一盏盏夏夜的窗口
同时点亮的，有一盏是我的眼睛。
让我抬头就看到
燃烧的石头，从此我开始在夜空低飞
我的航班总是准时到达，反复寄送的却是同一封信
并无地址，亦无署名
唯一的信息：火焰封缄纸张的烙印

（原载“诗探索”微信公众号 2022 年 9 月 24 日）

## 地球上的宅基地

张执浩

我的侄子整天开着他的大卡车
把地球上的物质运来运去
通常是些石头、煤块或沙子
这里的坑刚刚填平了，那里
又会出现一座更大的坑
因此我几年才能见到他一次
时光在飞驰，他的车
越换越大了，但车厢再长
车头里面只坐了他一个人
通常他半夜回家，把车停
在院子门前，不用按喇叭
两条狗就从角落里跑出来迎接他

漆黑的夜空，漫天的繁星
他钻出驾驶室仿佛从空中
跳上大地，开始有些不适应
但随即就明白了家的意味
卡车在夜里熄火之后变得特别黑
高大的车轮散发着橡胶味
我的侄子在黑暗中掏出烟
总是他父亲先于他点燃打火机
两颗烟头凑近又疏远
我在遥远的城市之夜也能看见
这一幕：两颗烟头在夜色中
凑近了，又疏远
没有什么比它们更明亮
更能让我看清那块宅基地
在此生的尽头一闪又一闪

（原载《大家》2022 年第 2 期）

## 给羊羔拍照

张执浩

你那么小的样子让人想到了无
要是无多好啊，就不会有
往后的辛劳和无辜了
你那么雪白的颜色让人想到了有

要是有多好啊，就不会担心
来到这世上的初衷了
从寻找妈妈起步
到妈妈先走一步
你那么柔弱的样子让人想到了眼泪
调皮的时候想流下来
温顺的时候也想流下来
你那么心甘情愿的样子
多像一根青草粘在嘴角
你甩也甩不掉
你还没有学会吃它
还没有见识过人世间的辜负

（原载《江南诗》2022 年第 3 期）

## 星　辰

张洪波

它们高远　明亮　神秘
在我头顶游弋
每一次仰望
都会把我照耀

我知道
在夜晚大地上

自己是多么渺小
小如一颗沙粒

但它们仿佛还是看到了我
看到了粗糙生命中那些悲伤和快乐

它们抚摩我额头
它们安慰我内心

它们在高处
撒下春天和秋季
撒下盛夏与寒冬
验证我和我的同类
有多少贪婪与虚荣以及坚硬和软弱

那么再照耀仔细些吧
我已惭愧
无地自容

（原载《十月》2022年第2期）

## 在快餐店里度过的中午

张曙光

现在是12：45，北京时间。我在一家

快餐店里喝一杯咖啡。窗外是临时停车场
一些行人从车辆中间穿过。邻桌的几个半大小子
在玩手机，闲聊，不时发出咯咯的傻笑。
而街道两旁的树木静止不动，仿佛
印在明信片上的风景。我在等待着什么？
祈祷会有奇迹发生。我坐在这里很久了
似乎有一个世纪那么久。也许
时间停摆了。我更希望它能够回流
这样我会见到当年的亲人和朋友，同他们
心无芥蒂地交谈，或喝上几杯啤酒。
我会让一切重新开始，避开我因愚蠢
而犯下的错误。我的诗也会变得年轻
充满希望，而不再是迟疑和忧伤。

（原载《诗潮》2022 年第 9 期）

## 下雪了

朱建霞

上班的他走在雪地上
更多的人走在雪中
起得这样早
他们吃饭了没有
还有她们，要去哪里
嬉戏的鸟儿，又去了哪里

雪用一阵冷风回答我
雪用一片空白回应我
一场雪，只要不和生存连在一起
就是一场好雪

（原载“中国作家网”2022 年 3 月 21 日）

## 班　车

赵　青

自从就读泸州市业余体校
班车一词
就开进了我的生活

春日的江南
多雨多雾
来接我们的解放牌卡车
总是湿漉漉的
师傅的腿和肩背
成了我们上车的梯子

师傅爱说爱笑
我们常围坐在驾驶室的后窗旁
跟着师傅播放的歌曲边走边唱

车离家越近
我们的歌声就越嘹亮

一天我们打着伞
在雨里等了很久
也不见班车的影子
后来听母亲讲
司机的儿子爱吃鱼
他常抽空去池塘钓鱼
金属鱼竿碰上了高压线

一辆看不见的班车
带他去了另一个世界

（原载“幽涧寒松”微信公众号 2022 年 6 月 10 日）

## 荒　芜

赵亚东

带尖顶的落地钟
很久没有发出响声
钟摆被风吹着

柳条篱笆卷曲着
像一个人走到了老年

我决定放弃修理它们

院子里空荡荡的
我和起伏的大地
最终止步于时间的荒芜

（原载《诗刊》2022年1月下半月刊）

## 我在这世间两手空空

赵亚东

父亲让我把马车赶到田里去
天黑之前，我们要把玉米运回院子

林间空地上升起淡淡的薄雾
刚刚被风吹散的星子若隐若现

恍惚中有更多的马蹄声碾过
野山楂在树上高悬，世上最后的一颗。

我们终于走进沉沉的黑夜
大地却藏起它曾献出的一切

雷电，风雪，粮食和流水……
年迈的老马独自远去，再也没有回来过。

我在这世间两手空空
我的心跳弱于风中闪烁的，老家的灯火。

（原载“诗探索”微信公众号 2022 年 9 月 25 日）

## 灰喜鹊

赵雪松

一只灰喜鹊落在我面前，
三米，它没飞走，
两米，它仍然不动。
——哦，灰喜鹊，你的信任
使我心生慈爱。
我眼睛一定是温柔的，
脚步是轻的。
曾几何时，我们走到哪里，
猫狗躲开了，
人也躲开了，
被我们损害的心灵不能复生。
我们唯我独尊地
对待天空和大地，
那容留我们的一切！
是到了偿还的时候，
鞠躬致谢的时候，

向残阳、雨雪——一切哺育我们的，
包括以击打的方式
爱我们的。

（原载《雨花》2022 年第 4 期）

## 过老庄纪

周 舟

没有人，无从打问该从哪儿
走进村庄，遇见一条狗
愣了一下神，方明白
狗，就是院子的围墙
人呢，被两边的房子箍着
巷道又窄又长
好一会儿，拖拉机像从外面开回来
却看不见
侧一下身，发现下午的阳光正靠着
一户人家的东墙
你不打算走进去
但你听见人的说话声
其影杳无其音邈远
最真实的是一幢楼正沿
一棵老槐树往上长，长到一半
就停下来，人呢

你回头找的时候，太阳正在落山
只看见你本人正缓缓地从巷道口走出来

（原载《中华辞赋》2022 年第 1 期）

## 暴雨就要来临

周　簌

鸟鸣也不去擦洗，天边的那团浓墨
暴雨就要来临——

我丈夫的淡蓝色衬衣
在阳台的，晾衣架上的风中鼓荡
每次他穿着淡蓝色衬衣
下颌刮得光滑的样子
让人感觉，年轻时的爱情正渐渐苏醒

他不教我如何，抵抗心灵的孤独
那么多盘踞心中的问题，等不来答案
或许时间与沉默最终能解开
这样想着，在漫长而深沉的孤独中
我枯萎的内心，又长出一茎嫩芽

（原载《星星·诗歌原创》2022 年第 2 期）

## 大风中

祝立根

我曾面若金刚
逆风中，挥动船桨
却一直被按压在湖岸边
大风一直在持续地吹
内心的白发，已然柳条般顺柔
斜靠的船舷边上，也挤满了倒伏的芦草
起伏的青蘋……
多少失败的事物就这样
活着，绚烂——那些背我而开的花
那些明明灭灭的萤火虫
我对它们已经心生敬意
我对它们的敬意越来越明亮了，像一束光
照耀在我疲惫的脸颊上
就像云破处，照耀在湖心的那一束

（原载“卓尔书店”微信公众号 2022 年 8 月 8 日）

## 美人蕉

钟想想

一场暴雨刚刚停下，美人蕉
就朝太阳的方向

捧出一张笑脸
绯红，饱满，从容，舒展。
仿佛风雨从没有来过
——我看到院子里母亲种下的那一株了
泥墙角落里，一到初夏就自顾自地开
那时，母亲长长的辫子落在两肩
她在翻晒什么？
麦子，豆子或者玉米
她起身俯身，乌黑的辫子停不下来
偶尔，她去泥墙角落歇息美人蕉的花朵立刻明亮起来
——那时，母亲脸上也有这样的颜色
绯红，饱满，从容，舒展
仿佛风雨从没有来过

（原载《四川文学》2022 年第 6 期）

## 我的悲伤略多于自己

震　杳

我的悲伤多出我一截
像笔筒里立着一支笔，它要写下什么
苦于找不到合适的词
我的悲伤比我多出一截
像鞋子开口处，露出的脚趾
我包不住它

人们都是先看见它，再看见我
多出来的一截，令我与生活格格不入
本来合适的不再合适
把自己挡在门外
我的悲伤多出我一截
它比我高，处处带着我，像个大人领着孩子

（原载“诗探索”微信公众号 2022 年 9 月 26 日）

# 2022年选系列封面绘图画家介绍

文瑶 1996年就读于广西艺术学院美术系油画专业。现为广西艺术学院美术学院副院长，副教授，硕士研究生导师。中国美术家协会会员，广西美术家协会理事，广西青年美术家协会常务副主席，漓江画派促进会理事。

年湿润的季节，100cm × 80cm，布面丙烯，2019 高清灰

## 文瑶画作短评

文瑶的画有野兽主义的气度，也有印象主义的灵动。大块的坚定运笔，有味道的经营布局，再加时不时的一些小点缀，使文瑶的画透出自己的独有韵味，画面效果既有装饰趣味又不缺油画的厚重。

……文瑶的语汇里还有着贴近他性情的逗乐与调侃式的把玩心态，他总是不按常规地强化出对象的某种特殊的形貌状态，无论是画人物或者风景，他的处理总会有一些让人眼睛一亮的闪光点出现。这样的能力来源于他对现实对象的独特体察与概括性的整体把握，尊重事实而又能跳出常理的束缚。

——黄菁（广西艺术学院教授）